Zum Buch:

Augenzwinkernd und liebevoll werden hier die wahren Helden unserer Gesellschaft vorgestellt. Die Menschen, die in der tadellos geordneten Welt einer Dienststelle den größten Teil ihres Lebens schaffend und zupackend Tag für Tag verbringen. Jeder auf seine Weise liebenswert, schrullig und einzigartig - weil Monotonie geht gaaar nicht! Mit Phantasie, Neugier, Mut und Originalität versuchen sie den 8-Stunden-Tag in der oftmals entseelten Bürowelt auf verrückte Art und Weise zu gestalten mit einer etwas eigenwilligen Lebensfreude, die jedoch ohne Frage immer in Einklang mit bemerkenswertem Pflichtbewusstsein steht.

Dieses Buch klärt über die Gelüste, die vielfältigen Leidenschaften und Hobbys*) des gewöhnlichen Angestellten auf; es informiert über die sonderbaren Rituale und rührigen Einfälle sowie über die erstaunlichen Erkenntnisse zur „Wesenseinheit von Viehwirtschaft und Büroangestellten". Die besondere Spezies der Büromanzen und Büromiezen sowie der Sozialraudis findet hier ebenfalls Erwähnung. Auch auf die 60-Sekunden-Gymnastiktipps, die Essig-Diät sowie das Rezept einer prickelnden Orgasmus-Bowle als Anregung für Körper und Geist kann man sich getrost einlassen.

*) Ein Hobby ist wie das Entdecken eines Wasserlochs in der Wüste der Büroödnis.

Dieses Buch soll eine Hommage an die eigenwilligen und manchmal unfreiwillig komischen Angestellten einer Dienststelle sein, irgendwo in diesem Land. - Ein kleines Häufchen tapferer Menschen im großen Universum mit dem Selbsterkenntnisgewinn, dass es sie tatsächlich gibt - die real existierende Firmenmacke!

Gudrun Heidenreich

Verdammt! - mein Schlüpfergummi ist gerissen!

Über die sonderbaren Rituale des gewöhnlichen Büroangestellten

© 2019 Gudrun Heidenreich
Herstellung und Verlag: BoD – Books on Demand, Norderstedt
ISBN: 978-3-7357-5923-8

Die kleinen Geschichten mögen wahr sein oder nicht,
die Frage soll sich jeder Leser selbst stellen.
Und sollten sich einige Personen in den Geschichten
wieder erkennen, werden sie sich hoffentlich erinnern,
dass es doch eine verdammt schöne Zeit gewesen ist.
Eine Zeit, als Spaß und Freude neben der Arbeit
untrennbar miteinander verbunden waren
und burn-out noch ein Fremdwort war!

Mein Dank gilt allen Kolleginnen,
die an der Entstehung dieses Buches mitgewirkt haben,
besonders den Kolleginnen Ingelore, Karin, Ute und Sabrina.

Inhalt

Skandale und Eskapaden

Pah! Skandale gibts zuhauf in dieser Firma.
Da blickt man doch mitleidig auf den prügelnden Fürstenhaus-
proleten mit dem Regenschirm, Jan's Schmähgedichte über
türkische Vasallen oder den Besenkammerbumbumbumsern. -
Alles Bullshit! -
Die schicksalsträchtigsten skandalösesten Geschichten geschehen
hier im Herzen der Republik, in einer kleinen Firma. Hier schlägt das
Leben Kapriolen. Hier sind Liebe, Lust und Leidenschaft an der
Tagesordnung. Hier ergeben sich Menschen dem Schicksal - oder
auch nicht. Hier wird der Obrigkeit die Zunge raus gestreckt oder
ebendieser auch schon mal die Haare ausgerissen.
Ganz ohne Frage wird diese Firma von entschlussfreudigen
Menschen getragen, mit einem leichten Hang zum Übertriebenen
und Skandalträchtigen.

Das zeigt sich in der folgenden Episode - einer dramatischen
Geschichte von der Liebe eines Angestellten des im Keller
befindlichen Bereichs Poststelle, zu der in erheblich höher gelegener
Ebene sitzenden Geschäftsführerin.
Diese Dame mit ihrem offenen lockeren Wesen und ebensolchem
Blondhaar riss das schmächtige scheue Bürschchen, der seiner
unaufgeregten Tätigkeit über Jahre klaglos und zufrieden nachging,
unbarmherzig aus seiner Arbeitsroutine. Eher aus dem Unterleib als
vom Verstand gesteuert, erlag er hoffnungsfroh ihren Reizen.
Das sollte nach 12 Jahren Angestelltendasein und einer Verhandlung
vor dem Amtsgericht allerdings bittere Konsequenzen für den Rest
seines Lebens haben. Denn als die Schöne und Mächtige ihn nicht
erhören wollte, wurde der verschmähte Liebhaber handgreiflich -
und bekam die fristlose Kündigung.
Doch hier die ganze Geschichte:

Die große Liebe des kleinen Mannes begann im Frühling. Zunächst bemühte er sich mündlich um seine vermeintliche Geliebte, rief sie aus dem Frankreichurlaub an und erkundigte sich nach ihrem Befinden. Zurück an seinem Arbeitsplatz war der erste Gang zum Büro der Angebeteten.

Er war von großer Sehnsucht gepackt und offenbarte ihr seine Gefühle mit pubertärem Charme und leicht französischem Zungenschlag, was die Gute sich jedoch verbat.

Er gab nicht auf und beteuerte ihr seine Ergebenheit durch schwülstige Briefe mit Herzchen, worin in bestem Französisch geschrieben stand: Je t´aime.

Er wurde zu ihr beordert und aufgefordert, sie dienstlich und privat nicht mehr zu belästigen.

„Ich bin südfranzösischer Abstammung und Südländer sind très heißblütig, Madame!" schrieb er ihr daraufhin. Schließlich und endlich versprach sie, ihn in die Oper zu begleiten. Er kaufte Karten - doch sie ließ ihn sitzen. Da brannten ihm dann die Sicherungen durch. Als beide nach Dienstschluss an der Stempeluhr zusammentrafen, passierte es - der Enttäuschte schubste die kräftige Dame mit der ganzen Kraft seiner 48 Kilo gegen die Wand und riss ihr büschelweise das ohnehin schon dünne Blondhaar aus. Sie schrie um Hilfe und gab ihm einen Stoß, woraufhin er in die automatische Tür geriet. Das brachte ihm nicht nur einen riesigen Bluterguss und einen gebrochenen Finger ein, sondern obendrein noch seine fristlose Kündigung. Fürwahr eine Tragödie für den kleinen Mann, zumal die Presse über diese Eskapade ausgiebig berichtete.

Apropos Vorgesetzte und ihre Eskapaden - die sind hier in der kleinen Firma doch fürwahr ein potentes Völkchen.

Diese Erkenntnis resultiert aus der äußerst sensiblen Wahrnehmung des weiblichen Geschlechts von testosterongeschwängerter Raumluft. Luftschichten dieser besonderen Art wittern die Damen instinktiv. Die Pheromone waberten nur so in den Fluren und

Räumen, nachdem ein ohne Frage gutaussehender Abteilungsleiter mit starkem Naturtrieb diese durchschritten hatte.

Ganz offensichtlich verrieten die verklärten Blicke selbst nach kurzem Gastspiel des erotisierenden Herrn auf fremden Etagen, den rauschhaften Zustand, in dem sich die Damen befanden, wobei sich natürlich lauthals darüber entrüstet wurde, dass dieser Mann sich doch gefälligst mal ein frisches Hemd anziehen könnte, während das unterbewusste weibliche östrogengesteuerte Hirn jedoch voller Entsetzen den stillen Schrei ausstieß: Nein, niemals! - Diese wabernden Duftmoleküle lockten längst erschlaffte Instinkte wieder aus ihrem Versteck und die Gedanken wurden in unbekannte Regionen der Lust getragen.

Einige Damen sah man nach Betreten seines Büros erst Stunden später wieder. Man munkelte, für die eine oder andere dieser hormongesteuerten Geschöpfe hätte der Garderobenschrank als schnelles Versteck gedient im Fall, dass es unverhofft an der Tür klopfte und die Zeit nicht mehr reichte, das Röckchen zu glätten. Wie gesagt, es ist ein Gerücht und kaum zu glauben!

Höchstwahrscheinlich hat dieser Mann einen der Grundsätze von Vorgesetzten nach seinen speziellen Wünschen und Vorstellungen zum eigenen Wohl und das der Damen verändert, dass Personalführung nämlich die Kunst ist, die Mitarbeiterin so schnell über den Tisch zu ziehen, dass die Reibungshitze als Nestwärme empfunden wird.

Leider verließ der lüsterne Abteilungsleiter die Firma und es wird gemunkelt, er habe das 3. Mal geheiratet und inzwischen 7 Kinder. - Was für ein Mann!!

Ja, solche außergewöhnlichen Menschen machen das Leben und Treiben in dieser Firma aus und es könnte noch von ebenso vielen skandalträchtigen Verhältnissen berichtet werden, worauf jedoch aus Gründen der Wahrung des guten Leumund der noch lebenden und tätigen Personen verzichtet wird.

Dazu ein Witz an passender Stelle:
Im Vorzimmer des Chefs hocken drei Sekretärinnen.
Sagt die eine: "Ich hab gestern im Schreibtisch vom Chef ein Kondom gefunden."
Sagt die zweite: "Ich hab ein Loch rein gestochen."
Sagt die dritte: "O Gott, ich glaube, mir wird schlecht..

Bemerkungen über den Humor

Was geht denn eigentlich in Büros in Sachen Humor so ab? Geht es lustig zu, wird ein bisschen Herumalbern vom Vorgesetzten zugelassen? Um sich zu diesem Thema äußern zu können, wären lange Recherchen erforderlich, das würde hier zu weit führen. Doch eins ist sicher: eindeutige Laute von Frohsinn und Heiterkeit, die zwangsläufig aus den Ritzen der Bürotüren dringen, rufen bei den Chefs Verständnislosigkeit hervor. Dies kann u. U. strenge Maßregelungen nach sich ziehen. Denn diese lebensbejahenden Töne können den Eindruck erwecken, dass die Mitarbeiter sich nicht ernsthaft mit ihrer Arbeit befassen, so nach dem Motto: „Wie viele Leute arbeiten hier eigentlich?"- „Ich schätze, so etwa die Hälfte!" - Solchen Vorgesetzten ist oft nicht bewusst, dass in einem Umfeld, in dem gelacht werden darf, in dem Humor gefördert wird, Mitarbeiter in der Regel effektiver arbeiten, weil sie sich wohlfühlen. Außerdem schafft Humor ein entspanntes Arbeitsklima und fördert damit den Teamgeist, soweit gewünscht. Humor baut Stress ab, trägt dazu bei, dass Konflikte schneller gelöst werden und vor allem: Humor fördert die Kommunikation, somit den Austausch über neueste Ereignisse, womit wir wieder beim guten Betriebsklima wären. So schließt sich der Kreis.

Wichtig: *„Die mieseste Äußerung des Humors ist die typisch deutsche Eigenschaft der Schadenfreude." (Loriot)*

Viele Chefs befürchten, dass sie ihre Autorität einbüßen, wenn sie sich öfter von der humorvollen Seite zeigen. Dabei ist meist das Gegenteil der Fall. Ein Vorgesetzter mit Humor wird von seinen Mitarbeitern voll akzeptiert; ein stocksteifer, mürrischer Chef dagegen zwangsweise geduldet, denn Aufgaben werden für einen humorvollen Chef mit Freude erledigt, für einen wortkargen Griesgram eher mit einer gewissen Unlust. Der Typ Chef, der seine Autorität ausspielen muss, indem er z. B. ein bedeutendes Gesicht macht, dadurch unweigerlich die Gesichtsmuskulatur nach unten befördert, ein freundliches Begrüßen der Mitarbeiter dadurch unmöglich macht, ist natürlich das Letzte, was sich ein Arbeitnehmer wünscht. Beängstigend auch die schleichende Übertragung der Mimik und der Eigenschaften auf die engsten Mitarbeiter, ob es sich um nun das grantige Gesicht oder die Übellaunigkeit handelt. Über Jahre beobachtet, ist in einigen Abteilungen eine gewisse Ähnlichkeit der langjährig dort tätigen Sekretärinnen mit ihren Vorgesetzten nicht zu leugnen, ähnlich dem Herrchen/Hund-Phänomen.

Hier nun die ultimativen Tipps für Führungskräfte, wie im Unternehmen Humor als Führungsinstrument eingesetzt werden kann:

- Den Mitarbeitern zeigen, dass Sie auch über sich selbst lachen können. Das zeugt von Humor und macht sympathisch.
- Ein humorvolles Arbeitsklima fördern. Sie müssen ja nicht die tollsten Witze reißen. Es reicht in der Regel schon, wenn Sie mitlachen, obwohl der folgende kleine Witz bezeichnend ist für die richtige Auswahl eines solchen, sonst kann unter Umständen Folgendes passieren: Der Chef erzählt einen Witz und alle biegen sich vor Lachen - nur eine Sekretärin nicht. "Sagen Sie mal, haben sie überhaupt keinen Sinn für Humor?" fragt ein Kollege neben ihr. "Doch, schon, aber ich habe bereits gekündigt!"
- Natürlich sollte immer darauf geachtet werden, dass der Witz nicht auf Kosten anderer geht. Damit sorgen Sie auch für einen respektvollen Umgang im Team.
- Machen Sie sich bewusst, dass sich Stimmungen übertragen. Eine lustige Bemerkung zwischendurch kann sich auf das gesamte Team übertragen, zum Beispiel die Feststellung: „Ich sehe, dass sie wirklich alle gerne hier arbeiten. Jeden

Morgen kommen Sie mit einem mürrischen Gesicht zur Arbeit. Aber wenn Feierabend ist, verlassen Sie die Firma immer mit einem Lächeln."

Einfach ausprobieren!

Übrigens ...

... eine Minute Lachen wirkt wie 10 Minuten Joggen oder 45 Minuten Meditation. - Was für Aussichten! Schlank werden durch Lachen!
... Lachen erzeugt Sympathie. - Das wäre doch der Knaller, herzend und küssend begegnet man sich auf den Fluren.
... ein Lächeln und Lachen macht attraktiv. Nicht dass Sie damit schöner werden, sondern andere empfinden einen als attraktiver, wenn man lächelt. - Der Schlüssel zum altersunabhängigen Liebreiz und zur Anmut liegt somit im trainieren der Mundwinkelmuskulatur.
... der Körper schüttet beim Lachen Glückshormone aus. Auch entzündungshemmende und schmerzstillende Stoffe werden freigesetzt. - Immer von Vorteil bei öden Tätigkeiten.
... Lachen baut Stress ab. - Das trägt zur Reduzierung der Krankheitstage bei, sehr gut!
... Lachen regt die Verdauung und den Stoffwechsel an. - Da vergeht die Zeit Arbeit doch umso flotter, wenn des öfteren Klogänge fällig werden, produktiv auf jeden Fall!
... mehrere Studien kamen zu dem Ergebnis, dass es bei Menschen, die viel lachen, seltener zu einem Herzinfarkt und zu Depressionen kommt. - Na klar! Die lachen sich dann tot!
... Lachen oder Lächeln baut Spannungen und Hemmungen ab. - Immer von Vorteil, wenn mal wieder ein Termin beim Chef wegen einer Gehaltserhöhung fällig ist.

... regelmäßiges Lachen stärkt das Immunsystem. - Immunität kann nur von Vorteil sein, sieht man bei den Politikern, die diese regelrecht genießen.

... Lachen erhöht den Sauerstoffaustausch im Gehirn und steigert dadurch die Konzentrationsfähigkeit. - Wichtig für Geburtstagsvorbereitungen! (dazu später mehr)

Ungeziefer

Es wurde gemunkelt, dass sich während der langen Rohbauphase des neuen Bürogebäudes die Ratten als Erstes einquartiert hätten. Gift sei ausgelegt worden und frau vermutete, dass die toten Ratten wohl zwischen Decken und Wänden verrotteten, zumal auch so ein merkwürdiger Geruch in den Räumen hing.

Die Angestellten zogen endlich ein. Obwohl die Spannweite des Büro-Attraktivitäts-Indexes von anspruchsvoll zurückgenommener Raumgestaltung (in der Businessclass), ergonomisch zweckmäßiggrauer Einrichtung (in der Holzklasse) bis hin zu Wanddekorationen aus dem Kunstkalender für Pferdeliebhaber (Chefsekretärin) reicht, behielten es sich die bescheidenen Damen aus der Abteilung Sachbearbeitung der kreativen 3. Etage vor, sich auf das Aufstellen von Kübelpflanzen aus dem Sonderangebot des hiesigen Supermarktes zu beschränken. Ordentlich gegossen und gedüngt versprachen sie ein langes und gesundes Pflanzenleben. Ein schönes Büro! - und zudem noch auf die geschundene Angestelltenpsyche durch die natürliche Begrünung positiv einwirkend! -

Doch am nächsten Morgen nahm das Drama seinen Lauf.

Es begann damit, dass eine Kollegin den Blick zu Boden senkte, was bei einigen Mitarbeitern nichts Ungewöhnliches ist, aber in diesem Fall gab es einen augenscheinlichen Beweggrund. Das argwöhnische Hinunterbeugen zum corpus delicti löste einen schrillen Schrei, ein markerschütterndes Iiiiih!! aus.

Wie gelähmt stand diese Person noch immer in gebeugter Haltung über dem vermeintlichen Ekelobjekt. Entsetzen in den angstgeweiteten Pupillen, den Zeigefinger nach unten gerichtet, starrte sie auf den Boden. Alles sprang von den Plätzen und da krabbelten sie - hässliche krustig graue Raupen.

So stellt man sich Tiere vor, die aus Unrat und Verwesung hervorkriechen.

Es war also hiermit bewiesen - Ratten! Tote Ratten! Und in den Ratten diese ekligen Raupen! Tausende davon, die sich nach und nach die Büros erobern würden!

Eine Invasion würde sich in den Räumen ausbreiten - in Joghurtbechern würde man sie finden, in Kaffeetassen aufgedunsen an der Oberfläche schwimmend, in Tastaturen zermalmt und und ...

Nachdem sich bei der ersten Kollegin die Ekelstarre gelöst hatte, wurde der Hausmeister gerufen; der Personalchef wurde informiert, der

Personalratsvorsitzende, die Abteilungsleitung - alle wurden in das verseuchte Büro beordert, die Ekeltiere zu bestaunen und um Anordnungen zu treffen.

„Aus den Blumenkübeln kommen die!"- war der erste Satz des Personalchefs - ha, ha - das war ja wohl die Krönung. Verschwiegen werden sollte es - verheimlicht die Sache mit den Ratten! Jeder wusste es, keiner sprach darüber. Das Haus war verseucht! Erst mit Ratten, dann mit Rattengift - das war doch längst Fakt! Wo kam denn sonst dieser Geruch her? - und folglich kam das Raupengeschwader. Doch der Mann blieb dabei. In den Blumenkübeln waren diese Viehcher! - Ja, dann gucken Sie doch rein, da werden sie gaaar nichts finden, nicht den kleinsten Floh!" - und er guckte - und er fand - krustige Raupen!! - Hunderte! Die Blumenerde war lebendig. Wieder nach unten gerichtete Blicke. Diesmal nach einem Loch, das sich auftun und worin die gesamte Besatzung des Zimmers vor Scham versinken möge.

Allerhöchste Genugtuung bei der Abordnung aus der Chefetage und Gewissenswürmer bei der Zimmercrew. Betretene Stille, kein Wort fiel mehr, weder von der einen und schon gar nicht von der anderen Seite.

Der Hausmeister nahm still den ersten Kübel und trug ihn grinsend hinaus.

Eine Woche später erging ein Dekret: BLUMENKÜBEL SIND AUFGRUND EINES VORFALLS , WODURCH UNGEZIEFER IN DIE FIRMA EINGESCHLEPPT WURDE, AUS DEN RÄUMEN ZU ENTFERNEN! - Und doch, so richtig überzeugt waren einige noch immer nicht, dass in der Blumenerde die Ursache lag - für all das Ungeziefer.

Übrigens ...

... das Neueste zum Thema Grünpflanzen:
Efeu, Grünlilie, Ficus, Papyrus, Zyperngras sind Schadstofffilter, Luftbefeuchter und Seelenberuhiger. Je mehr, desto besser.

Schöpfergeister

Die Geister, die hier gerufen werden, sind ganz besondere. Sie spuken schon wochenlang in den Köpfen derer, die von ihnen besessen sind. Besessen von der Idee, bis zu einem bestimmten Termin auf allerhöchstem künstlerischem Niveau eine themenbezogene Dekoration zu erschaffen. Materialien sind zu besorgen, deren Farbauswahl bis ins Kleinste stimmen muss; die Tischdecken müssen knitter- und fleckenfrei sein; die Aufgaben müssen verteilt und es muss bedacht werden, welchen Wunsch die Kollegin hat, deren Geburtstag auszurichten ist. Oberste Priorität hat also zunächst das Befragen der Kollegin: Was wünschst du dir denn so? - Wenn sich auf die Beantwortung dieser wirklich drängenden Frage keine Reaktion zeigt, entwickelt sich schon mal eine angespannte, leicht aggressive Stimmung, da ja immerhin eine längere Planungszeit für die Ausstattung eines vortrefflichen Geburtstagstisches erforderlich ist, denn jedes anspruchsvolle künstlerische Vorhaben braucht bekanntermaßen seine Zeit. Den meisten ist das klar - bis auf jene, die mit der eingesammelten Summe von ca. 12 EURO gedanklich in den teuersten Parfümerien und Designershops einkaufen gehen, um sich dann 2 Tage vor dem wichtigen Ereignis für einen Gutschein eines Drogeriemarktes zur Finanzierung einer Selbstbräunungscreme zu entscheiden. Da fällt den kreativen Geistern dann regelmäßig die Kinnlade runter. Für die Herausforderung, in kürzester Zeit den Geburtstagstisch zu entwerfen und auszurichten, müssen dann schon fast übermenschliche Kräfte mobilisiert werden. Allerhöchste Ansprüche sind zu erfüllen; eine Frage der Organisation und natürlich des Schöpfergeistes. „Du besorgst die Kerze, wer hat 'ne Tischdecke, wer hat noch bunte Pappreste, Geschenkband und Knetgummi besorge ich; du holst Sand von der Baustelle, Muscheln habe ich noch im Keller und das Glas mit den Goldfischen bringt Kollegin Wipperling mit, ham wer alles? Ach die Blumen - wer kann die besorgen?" - und schon ist alles in trockenen Tüchern, wenn es denn die richtige Person in die Hand nimmt.

Das Geburtstagskind wird eine Strandlandschaft vorfinden, mit Palmen, Strandkorb, Sonnencremetestern des Drogeriemarktes, Fischen die nach Luft schnappen, einer Pappsonne an die Decke gehängt und, mitten in den Sand gesteckt, die Kerze - das Lebenslicht, farblich passend zum rot-geäderten Tischtuch und natürlich - den Gutschein der Drogeriekette.

Wird der Geschenkwunsch frühzeitig angekündigt, steht auch entsprechend mehr Zeit zur Verfügung. Da werden dann die Ehemänner dazu verdonnert mit der Laubsäge ganze Tierparks auszusägen und die geliebte Modelleisenbahnanlage auseinander zu nehmen, um den Geburtstagstisch teilweise damit zu bestücken. Gemeinsam wird in Heimarbeit mit der ganzen Familie geklebt und gedrechselt, gesägt und ausgeschnitten, geklöppelt und genäht, gehobelt und geschweißt - alles für den Geburtstagstisch der lieben Kollegin.

Außergewöhnlich sind dann die Ergebnisse, mit viel Liebe fürs Detail und natürlich größtem Einsatz.

Ganz wichtig ist, dass am Tag zuvor der Glücklichen nahe gelegt werden muss, später zu kommen, damit Zeit bleibt, alles aufzubauen. Das fällt einigen disziplinierten Kolleginnen sehr schwer. Der Tagesplan gerät total durcheinander infolge des außerplanmäßigen späten Arbeitsbeginns.

So wird dieser Tag schon zu Beginn zum Stress für die zu Ehrende, obwohl sie doch glückselig in Erwartung der außerordentlichen Überraschung durch die Bürotür schweben sollte.

Unbedingt muss auch in den letzten spannenden Minuten vor Eintreffen der Kollegin Schmiere gestanden werden, um dann bei Sichtung der selbigen auszurufen: „Kerze an!" - weil, wenn zu früh gezündet, nur noch ein Kerzenstummel das Lebenslicht symbolisiert.

Bei älteren Kolleginnen wäre das ungebührlich und pietätlos.

Wenn dann die Geehrte endlich ehrfürchtig erstarrt vor ihrem
Geburtstagstisch verweilt, entsteht nicht selten ein peinlicher
Moment. - Das Geschenk! Wo ist es? - Zunächst wird die heimliche
Suche danach durch ein intensives Beschauen und Bestaunen der
grandiosen Serengeti-Landschaft ausgedehnt, um dann nach einer
längeren Zeitspanne mit verzweifeltem Lächeln so ganz nebenbei
die Frage zu stellen:
Wo ist denn, ähm, das Geschenk? -
Na, das sagen wir dir jetzt nicht! Such mal schön! -
Irgendwann wird sie dann schweißgebadet den Handventilator im
Dschungeldickicht finden, den sie sich gewünscht hatte, oder eben
den Gutschein einer Drogeriekette in der Strandlandschaft.

Nach Empfang der diversen Gratulationsgrüppchen aus den
verschiedenen Abteilungen wird von der Geehrten sehnsüchtig die
Mittagszeit erwartet. Dann kann eingepackt werden, weil der
Dienstherr einem Geburtstagskind einige Stunden des Arbeitstages
schenkt. Teller mit den restlichen Süßigkeiten werden den
Zurückgebliebenen tröstend überlassen; die Geizigen nehmen alles
mit nach Hause.
Somit wäre der Tag gelaufen. Alle hatten ihren Spaß, ganz besonders
die Geburtstagstisch-Designer. Sichtlich genossen haben sie die von
allen Seiten dargebrachten Huldigungen und Ovationen - denn das
sind die wahren Erfolgserlebnisse. Motivationstraining hat in dieser
Firma niemand nötig. Das Selbstwertgefühl jedes Einzelnen schlägt
Purzelbäume nach gelungener Ausrichtung eines
Geburtstagstisches.

Überboten wird diese meisterliche Gestaltungskunst nur noch von
dem absoluten Highlight, der Krönung der Festivitäten schlechthin -
was da wäre:

die Vorbereitung eines Jubiläums bzw. Verabschiedung ins Rentendasein einer Kollegin wie auch das Erleben der Feierlichkeit als Jubilar oder Abschied nehmender selbst. Da werden Sachbearbeiterinnen zu Choreographen, Regisseuren, Maskenbildnern, Kostümausstattern, Balletttänzern und Sängern. Ehrgeizig werden Wochen vorher schon Tanzschritte zu heiteren Helene-Fischer-Melodien, die mit eigenen Texten aufgewertet werden, oder auch anspruchsvolle Arrangements zu Grönemeyer-Texten eingeübt; immer auf kleinstem Raum zwischen Regalen und Schreibtischen, unter dem ständigen schier unmenschlichen Druck, dass jederzeit die Tür auffliegen und die Chefin im Raum stehen könnte; gerade in dem Moment, wie in Reih' und Glied nebeneinander, untergehakt und Beine hochfliegend, mit Unterstützung des CD-Players, getanzt und gejohlt wird. Deshalb hat die Erfahrung gezeigt, die Kostümprobe unbedingt mit der Generalprobe zu verbinden, also kurz vor dem großen Tag. - Zehn Minuten geballte Anspannung, aber letztlich unumgänglich. Jede der Mitwirkenden ist sich absolut darüber im Klaren, dass - mit blauen Müllsäcken bekleidet, Schwammtüchern als Kopfbedeckung und Wischmobs an den Füßen - die Künstlertruppe unweigerlich in absolutem Erklärungsnotstand wäre, sollte die Chefin plötzlich die Tür aufreißen. - Ja, hier in dieser kleinen Firma, da schlummern sie - die wahren Talente, die Schöpfergeister. Ihnen geht es um das Ereignis, um den sensationellen Effekt - die Kunst der Verblüffung. Ihresgleichen zu finden, welche Firma würde sich da nicht glücklich schätzen. Nachfolgend ein Arrangement allerhöchsten Anspruchs aus dem Jubiläums-Repertoire für die etwas exaltierte Kollegin G.:

Frau G. und ihr allmorgendlicher Auftritt
Die Tür geht auf! Wer tritt herein?
Könnt' Meghan Markle persönlich sein! -
Nein, Frau G. steht auf der Schwelle

mit ihrer frisch geföhnten Welle.
Ganz Dame und perfekt wie immer,
betritt sie elegant das Zimmer -
doch was kommt da nicht ohne Grund
aus diesem vornehm spitzen Mund?
„Scheiß Wetter! Schweinekalt ist es!"
Wer rechnet mit so was - die Dame ist kess.

Frau G. und die ganz eigene Arbeitseinstellung

Traumarbeitszeit von zehn bis sieben
hat sie sich auf die Fahnen geschrieben.
Das frühe Aufstehen ist nicht ihr Ding,
entstellend wäre ein Augenring.
Nach einem guten Frühstück dann
sie deutlich besser arbeiten kann.
Tiefenentspannt räkelt sie sich erst mal,
die Arbeit ruft? - ist ihr egal!
Kurz vor Mittag richtet sie den Arbeitsplatz ein,
muss alles am richtigen Plätzchen sein.

Frau G., das Fitnessstudio und der Montag

2x die Woche ins „Studio" gehen
um die Knochen zu verdrehen.
Die Muskeln stärken, die Polster verjagen,
braucht so dem Süßen nicht zu entsagen.
Bei soviel Bewegung, macht es nichts aus,
der Schokoriegel, der Kuchenschmaus.
Doch wird noch lange nicht gepennt,
und wenn der Muskel noch so brennt -
im Tanzsaal erwacht das Feuer in ihr,
da wird sie regelrecht zum Tier.

Sie tanzt bis in den frühen Morgen,
dann sind die Füße zu versorgen
am nächsten Tag, und auch der Schädel;
am Montag macht sie blau, das Mädel.
Frau G. - von Herzen wünschen wir Ihnen,
dass sie der Firma noch lange dienen.
Keinen einzigen Tag bereuen
und ihre Macken uns weiter erfreuen.

Übrigens...

... um nicht vollkommen aufgelöst und erregt zum „Ehrentag" zu erscheinen, hier ein paar vorbeugende SOS-Tricks (auch für andere „Herzklopftermine" anzuwenden):

- Akupressurpunkt „göttlicher Gleichmut" aktivieren: je einen Zeigefinger 10 cm unter rechte und linke Kniescheibe legen, Finger waagerecht 3 cm nach außen führen, dort 3 Minuten mit leichtem Druck kreisen lassen.
- Vor dem Spiegel witzige Fratzen schneiden - entspannt nicht nur die Gesichtsmuskeln.
- Knapp vorher: kurz Blütenöle schnuppern - Lavendel, Bergamotte, Wildrose! Totales relaxen in kürzester Zeit.

Nach diesen Übungen steht man garantiert jeden noch so peinlichen Jubelgesang durch!

Erkenntnisse und Wandlungen im Büroalltag des 21. Jahrhunderts

Kürzlich wurde folgende E-Mail geöffnet, die es wert war, weitergegeben zu werden, einfach weil es so wahr ist:

Woran merkst du, dass das 21. Jahrhundert alles verändert hat?

Du versuchst, beim Mikrowellenherd dein Passwort einzugeben.

Du hast 15 verschiedene Telefonnummern, um deine 3-köpfige Familie zu erreichen.

Du chattest mehrmals am Tag mit einem Typen aus Südamerika, aber hast dieses Jahr noch nie mit deinem Nachbarn gesprochen.

Du kaufst dir einen neuen Computer und einen Monat später ist er veraltet.

Der Grund, warum du den Kontakt mit Freunden und der Familie verlierst, ist das Fehlen einer E-Mail-Adresse.

Du gehst zur Arbeit, wenn es dunkel ist und du kommst von der Arbeit, wenn es dunkel ist, auch im Sommer...

Du hast ein konfigurierbares Programm, das dir die Anzahl Tage bis zur Pensionierung berechnet.
Ferien machst du seit Jahren durch Überstundenkompensation.

Deine Eltern beschreiben dich mit „er/sie arbeitet mit Computern".

Du kennst deine Kinder nur noch vom Screensaver.

Du hast diese Liste gelesen und dauernd genickt.

Du überlegst dir, wem du diese Liste per E-Mail weiterleiten kannst.

(Anm. der Autorin: Verfasser des Textes unbekannt)

Übrigens ...

... das dauernde Nicken beim Lesen dieser Liste muss nicht heißen, dass Übereinstimmung mit derselbigen besteht - es ist auch möglich, dass dies eine liebgewordene Gewohnheit bei einigen Kolleginnen im Laufe der Jahre geworden ist. Eifriges Kopfnicken, Dauergrinsen, das Trällern von Lobgesängen auf den Fluren, wenn Vorgesetzte den Weg kreuzen, sind nur einige davon.
Die gebeugte Körperhaltung einzelner Damen und vor allem auch Herren nach jahrzehntelanger Buckelei , vergleichbar mit der einer Schildkröte, geben Anlass zu der immer wieder geäußerten Vermutung, dass es sie gibt, die real existierenden Symptome einer schlichten Anspruchslosigkeit , - und um die Schildkröte nochmal zu bemühen - den buckligen Panzer ständig mit sich herum tragend.

Anmerkung der Autorin:
Es würde dem Leser höchst unglaubhaft erscheinen, wenn der Autor nach jahrelanger Tätigkeit in der kleinen Firma von diesen Symptomen verschont geblieben wäre, zudem auch unfair gegenüber den Kollegen, wenn dies keine Erwähnung fände, die da wären ... ähm! ... die da wären ... ähm! -
so ist das mit den Symptomen der eigenen Macke, man erkennt sie beim besten Willen nicht!

Mahlzeit

Genau festgelegt sind die Begrüßungsrituale in den Bürofluren. Da wird bei den Frohnaturen ein kraftvolles Gutään Morrrgen! geschmettert, bei den Coolen ein Morgäään! oder Hi! hingeworfen; bei den eher Zurückhaltenden ein schüchternes Guun Morg'n! gehaucht. Und nicht zu vergessen, die totalen Ignoranten, die sich gar nicht äußern; bei denen das Hirn vor lauter Wichtigkeit und Eile nicht imstande ist, das Sprachzentrum zu aktivieren.

Dieses Begrüßungsritual wird nun nicht etwa den ganzen morgendlichen Tag angewendet - nein, es ist festgelegt, wann der große Wechsel stattfindet - nämlich spätestens um 10.45 Uhr MEZ. Dann aber muss es kommen, unabänderlich, gnadenlos, das MAHLZEIT! - Dann wird auf jedes Guten Morgen mit einem mitleidigen Blick geantwortet. Der grüßende überlegt kurz, schüttelt einsichtig schockiert mit dem Kopf, um sich dann mit der flachen Hand an den selbigen zu hauen und mit einem breiten Lachen mit Blick auf die Zeiger der Uhr seine Grußformel reuevoll korrigiert: "Hach, Mahlzeit natürlich, ist ja schon gleich Mittag!"

Sträflich natürlich, dieser faux pas, doch das milde verzeihende Lächeln der Kollegin beweist, dass der seiner Zeit zurückgebliebene Grußformelsprecher noch mal mit einer Verwarnung in Form einer anschließenden Maßregelung wie: "Na, da haste aber noch mal Glück gehabt!" davon gekommen war.

Nach 30 Jahren Betriebszugehörigkeit braucht nicht mehr zur Uhr geschaut werden, da spürt jeder alte Büro-Recke, wann der richtige Zeitpunkt gekommen ist. Intuitiv, mit nachtwandlerischer Sicherheit wird dann irgendwann die junge Kollegin mit strengem Blick und auf das Zifferblatt pochendem Zeigefinger auf diesen eklatanten Begrüßungsformelfehler hingewiesen.

Mahlzeit! - 10.50 Uhr - allerhöchste Mahlzeit.

Endlich! - Ein positives Gefühl macht sich breit. Die Vorbereitungsphase für die nahende Mittagspause beginnt.

Bedauerlicherweise hat sich nun eine ganz neue Sitte eingeschlichen, nämlich mit einem legeren Halloo!! dem Nächsten sein Vorhandensein zu bestätigen.
Die Uhrenkontrolle hat sich damit erledigt, alles ist beliebig, willkürlich, eine Floskel wird ohne den vertrauten Background ausgetauscht, keine Herausforderung emotionaler Höhenflüge mehr auf den Bürofluren. Öde und feige. -
Es lebe das „Mahlzeit!"

Die Sonderlinge

Nicht nur bei alternativen Selbstfindungsgruppen, Zahnärzten, Hausmeistern, Bürgerbüroberatungsstellen, Flohmarkthändlern oder Schrebergärtnern sind sie zu finden - nein, auch in dieser kleinen Firma gibt es sie - die Sonderlinge. Die Schrulligen, die Eigenbrötler, die Individualisten, die Kauze und Originale. All diese liebenswerten Mitmenschen, die das Unverfälschte, das Authentische ausleben; keine mittelmäßigen Langweiler, wie die breite Masse, sondern mutige Sonderlinge.

Da ist zum Beispiel diese herrlich absonderliche Person, die tagtäglich gemäßigten Ganges mit imposanter Statur die Flure durchkämmt. Menschen, denen sie begegnet, schaut sie starr und furchtlos in die Augen, ohne dass sich ihre Gesichtszüge verändern. Sich herabzulassen, eine nette Begrüßung zu erwidern, geschieht nur in absoluten Ausnahmefällen. Noch im Vorbeigehen wird ein Murmeln hörbar und man meint die Worte zu vernehmen: ... mach' mich bloß nicht von der Seite an!

Vor dem Lift ungeduldig warten kennt jeder. Die hier erwähnte Kauzin macht das auch; nur steigt sie nicht ein, wenn sich darin schon eine Person befindet. Sie wartet auf einen kontaminationsfreien Lift, und wenn es den ganzen Tag dauert. Sollte sie dann endlich ungehindert die Fahrt antreten, doch das Desaster unbegreiflicherweise ereilen, dass unterwegs jemand einsteigt, wird sofort der Fahrstuhl verlassen, nicht ohne Verunglimpfung der unverschämten Person, die sich erdreistet, die kauzige Dame mit bakterienverseuchten Ausdünstungen zu belästigen.

Was passiert, wenn sie auf die Toilette geht, bereits auf der Brille sitzt und jemand im Nebenklo Platz nimmt, entzieht sich der Kenntnis der Autorin. Vorstellbar wäre eine Schimpfkanonade aus dem Klosett, so dass die arglose Kollegin darüber glattweg ihre Notdurft vergisst und panikartig, noch tröpfelnd, das Klo verlässt. - Ja, da ist doch mal jemand konsequent, da hat eine Kollegin Mut, lebt ihre Schrulligkeit gnadenlos aus und macht ihr eigenes Ding. O shit! -

Apropos Lokussonderlinge!
Unbedingt erwähnt werden muss die Kollegin, deren Schuhspitzen während der Notdurft unterhalb der Toilettentür herausschauten. Keine eleganten Pumps, eher die ökologische Variante. Es wurden natürlich Vermutungen angestellt, bei welcher Kollegin diese Sitzstellung unter rein anatomischen Aspekten möglich wäre. Einen Verdacht hatten die Damen schon länger, und der bestätigte sich, als sich systematisch auf die Suche nach den Ökotretern gemacht wurde. Seit diesem Zeitpunkt hatte man beim Anblick der eher biederen Kollegin immer das Kamasutra vor Augen. Über die entsprechenden Gliedmaßen, die Unmögliches möglich machen, verfügte diese Akrobatin auf der Kloschüssel auf jeden Fall.

Dann war da noch die Dame, die sich selbstvergessen einer Beschäftigung während der Klositzung widmete, die nicht nur der Entleerung der Blase bzw. des Darmes diente, sondern auf eine schnippische Art und Weise auch der des Riechorgans. Die Resultate dieser Kopfarbeit waren an der Klotür zu besichtigen - Latrinenkunst! Leider ereilte diese Kunstform das gleiche Schicksal wie Beuys Butterecke, sie verschwand! - Allerdings erst, nachdem ein Zettel an die Klotür geklebt wurde:
Die Popel an der Tür mögen doch bitte von der Produzentin selbst entfernt werden!

Eine andere Klogeschichte ist die von der Jungfrau, die über einen unendlich langen Zeitraum pinkelte, allerdings mit vielen Unterbrechungen, so dass man meinte, ein schier unerschöpfliches

Reservoir an Flüssigkeit sei in diesem Körper gespeichert. Lange, sehr lange hat es gedauert, bis aufgedeckt werden konnte, welche Person dahintersteckte. Eine Kollegin hatte das große Glück - nach geduldigem Ausharren im Nebenklo - der Leibhaftigen zu begegnen. Aufgeregt wurde der Name der jungfräulichen Kollegin im Ermittlungskollegium verkündet. Die Vermutung wurde hundertprozentig bestätigt; diese Person war der absolute Prototyp einer Jungfrau, allerdings einer ca. 55jährigen, die zudem auf die Anrede „Fräulein" vehement bestand und offensichtlich, anatomisch gesehen, sehr beengt war. Es kann aber auch sein, dass sie einfach nur ihre Beckenbodenmuskulatur trainieren wollte.

Erwähnt werden muss auch die Kollegin, die immer so herrlich direkt war. Auf der jährlichen Personalversammlung beschwerte sie sich über die furchtbar trockene Luft in den Räumen und beschrieb vor 300 Leuten zum besseren Verständnis dieses Problems die Konsistenz ihrer Popel, nämlich als sehr trocken. - Sicher war jedenfalls, dass diese Kollegin nicht die schnippische Aktion an der Klotür veranstaltet haben konnte.

Ein Genuss ist es, die Kollegin vor sich schreiten zu sehen, die dem Anschein nach aus dem bekannten Flensburger Versandhandel ein Paar Lustkugeln erstanden haben könnte und diese in ständiger Benutzung hat.
Nicht dass diese vermeintlichen Kugeln in der Dame verräterische Geräusche von sich geben - nein, es ist der unbeschreibliche Gang. Rhythmisch, wiegend und leicht mit den Beinen einknickend. Dieser Gang, vermutet man, liefert den Beweis für die Existenz der besagten Kugeln, auf sicher. Ein leichtes Entzücken meint man auf dem Gesicht zu erkennen, aber wie gesagt: eine Vermutung. Es kann ebenso gut sein, dass sie einen guten Orthopäden hat und die neuen Einlagen sie so glückselig aussehen lassen, die dann diesen federnden Gang bewirken.

Ja, die Sonderlinge, was wäre eine Firma ohne sie!

Zuhauf gibt es ja bekanntermaßen auch auf der britischen Insel absonderliche Typen. Alljährlich findet in Großbritannien die Suche nach den kuriosesten Buchtiteln statt. Einige sollen hier genannt werden:

- *Gefoltert von der Pygmäen-Liebeskönigin!*
- *Allah verzeiht, der Hausmeister nicht.*
- *Gestatten Bestatter! Bei uns liegen sie richtig.*
- *In Wahrheit wird viel mehr gelogen.*

- *Als ich meine Mutter im Sexshop traf.*
- *Das Leben ist keine Waldorfschule.*
- *Tätowierte Bergfrauen und Besteckkästen in Daghestan.*
- *Menschen, die nicht wissen, dass sie tot sind: Warum sie uns folgen und wie man mit ihnen umgeht.*
- *Das große Buch lesbischer Pferdegeschichten.*
- *Postboten im ländlichen Griechenland und ihre Stornierungsnummern.*
- *Berichte von der 2. Internationalen Tagung über nackte Mäuse.*
- *Oraler Sadismus und die vegetarische Persönlichkeit.*
- *Natürliche Brustvergrößerung durch die Kraft der Gedanken.*

Übrigens …

… es ist *Verdammt!* nicht einfach, den richtigen Titel für ein Buch zu finden … *Schlüpfergummis* halten ja auch nicht immer das, was sie versprechen!

Rufbereitschaftsdienst

Was die wirklich wichtigen Dinge auf dieser Welt ausmachen, ist jedem einigermaßen intelligenten Wesen bekannt. Dazu zählt die Abwesenheit von Krankheit und Armut, Naturkatastrophen, Familientragödien usw. Wichtig ist ohne Frage auch, dass der alljährliche Termin zur Inspektion des Autos nicht verpasst wird wie auch genügend Batterien für sämtliche Fernbedienungen in Reserve zu haben.

Es gibt da jedoch noch etwas, was alles andere in den Schatten stellt, was ohne Frage zu den bedeutungsvollen Dingen im Leben gezählt werden kann. Unter allen Missständen wäre die Abwesenheit dieser von intelligenten Menschen geschaffenen Annehmlichkeit, ja man kann mit Fug und Recht behaupten, diese gesegnete Dienstleistung, eine wirkliche und wahrhaftige Katastrophe. - Diese Dienstleistung hat oberste Priorität bei allen Widrigkeiten, die sich ergeben können - diesen Dienst erfüllen besonders privilegierte Angestellte. Denn nur diese, wirklich nur diese, kommen in den Genuss des - Rufbereitschaftsdienstes! Verlässlich, glaubwürdig, zuverlässig, sicher, unbeirrt sitzt die auserwählte Person an ihrem Schreibtisch, um bis in den frühen Abend den besagten - Rufbereitschaftsdienst! zu verrichten. Täglich wird die Liste der daran teilnehmenden Angestellten aktualisiert. Eine unglaubliche Verantwortung, die auf den Schultern dieser Angestellten lastet. Unbändiger Stolz gepaart mit Firmenpatriotismus lassen deren Herzen höher schlagen, die mit eben dieser Aufgabe betraut werden. Feueralarm, Orkane, Erdbeben, Stromausfall, Durchfall, Wassereinbruch, Wintereinbruch usw., das sind nicht wirklich Gründe, diese ehrenvolle Aufgabe abzulehnen.

Allerdings kommt es vor, dass die Kolleginnen untereinander den Rufbereitschaftsdienst tauschen, doch ist dieses Angehen jedes Mal mit dramatischen Szenen verbunden. Wie zum Beispiel im Fall der

Kollegin, die wimmernd und jammernd den ganzen Tag schon an ihrem Platz saß. Es bedurfte der Überredungskünste von höchster Stelle, bis sie das Haus wegen unerträglicher Zahnschmerzen vorzeitig verließ. Sie wäre für den Rufbereitschaftsdienst eingeteilt gewesen.

Der Rufbereitschaftsdienst gehört unzweifelhaft zu den Aufgaben, die oberste Priorität haben. Ein Anrufer, in Stoßzeiten auch mal zwei, müssen in diesen 90 Minuten bedient werden. Tapfer und geduldig, mit starrem Blick aufs Telefon, wird die Stellung bzw. die Leitung gehalten.

Die Umleitung sämtlicher Apparate im Haus auf diesen entscheidenden Apparat wird als letzte Amtshandlung einer jeden Büroangestellten vorgenommen. Sollte das Umleiten in der Erwartung des sehnlich erwarteten Feierabends vergessen werden, zöge dieses Versäumnis ernsthafte Konsequenzen nach sich, vorausgesetzt diese verantwortungslose Person würde überführt, was niemals passieren wird, denn es gibt sie nicht!

Kürzlich brauste ein Orkan über die Stadt hinweg. Sturmwarnungen wurden gesendet über Radio und Fernsehen. Die Menschen sollten sich möglichst nicht draußen aufhalten, beizeiten ihr eigenes Zuhause aufsuchen.

Der Orkan hatte seinen Höhepunkt am frühen Abend erreicht. Es war keine Menschenseele auf der Straße. Doch drei tapfere Damen hielten aus. Bis zum Schluss erfüllten sie ihre Pflicht. Dann erst machten sie sich auf den gefährlichen Heimweg.

An diesem stürmischen Tag sind die drei Damen erst spät am Abend nach Hause gekommen. Kilometerweit musste eine Kollegin nach Hause laufen, eine andere verbrachte Stunden an der Bushaltestelle an einsamer Landstraße in peitschendem Regen. Busse verkehrten wegen der großen Gefahr von herabstürzenden Ästen und fliegenden Dächern nicht mehr. Als sie dann endlich zu Hause

angekommen waren, antworteten sie stolz ihren Familien auf deren sorgenvolle Frage, wo sie denn jetzt so spät herkämen:
- Rufbereitschaftsdienst!! -
Wackere Angestellte sind es, die sich durch nichts davon abhalten lassen, dort am Telefon ihre Frau zu stehen oder besser sitzen..

Übrigens ...

... in diesem Zusammenhang muss noch von der Dame berichtet werden, die eine dermaßen erotische Stimme hatte, dass die Anrufer, meist männlichen Geschlechts, vehement darauf bestanden, nur mit dieser Dame sprechen zu wollen. Sie informierten sich, wann SIE Bereitschaftsdienst hat. An diesen 12 Tagen im Jahr glühte das Telefon.
Man vermutet, dass der Rufbereitschaftsdienstdienst durch die Registrierung der vielen Gespräche, die auf diesem glühend heißen Apparat geführt wurden, oberste Priorität bekommen hat und nichts und niemand diese Anweisung nun wieder aus der Welt schaffen kann.

Raucherpause

Zunächst eine Beschreibung der Räumlichkeit, wenn man diese denn so nennen darf, in der die besondere Art der Gattung Raucher verbannt wurde, um sich ihrem Laster ganz und gar hinzugeben: große Eingangstür zur Straße auf einer Seite, auf der gegenüberliegenden Seite Tür zum Hinterhof sowie rechts und links jeweils Glastüren, die für alle Mitarbeiter als Durchgang benutzt werden müssen, um in die Kantine zu kommen. Kein Raum, sondern ein stinkiger, zugiger Drogenumschlagplatz. An Bistrotischen stehend, im Winter mit wattierten Jacken an ihrer Zigarette nuckelnd im Nebel des Grauens, im Sommer allerdings den begrünten Hinterhof genießend - die grüne Lunge dieses Bürohochhauskomplexes, die schwarze Lungenbläschen hüpfen lässt.

Hintereinander schreitend, moralisch gefestigt, die Nichtraucher! Mit verbissenen Gesichtern und mitleidigen Seitenblicken treffen sie auf die rauchenden Kolleginnen. Es ist die Karawane der vermeintlich Standhaften. Für diese nichtrauchenden Kantinengänger ist die mehrmals täglich durchgeführte Konditionsübung inzwischen zur Gewohnheit geworden - das Luft anhalten bis zum Öffnen der erlösenden zweiten Tür.

So wie es die Karawane der Standhaften gibt, gibt es die Karawane der Getriebenen; bereits auf den Fluren der Etagen sammeln sie sich - wenn nämlich der Rundruf hinaus eilt „Auf auf zum genüsslichen Paffen!" -

Ein Phänomen auch, dass die rauchenden Kollegen täglich ein Deja-vu-Erlebnis auslösen und die Annahme Lügen straft, dass nichts so sicher sei im Leben, wie die Veränderung. Die vertraulichen Wortfetzen, wie Wölkchen verbrannten Tabaks, die gutgelaunten Gemüter, auch die Reihenfolge der Marschierenden in dieser durch die Flure ziehenden Truppen ist immer gleich - dasselbe tägliche Ritual. Beängstigend! - Oder sollte man es gewissermaßen so sehen, dass auf dieser umtriebigen Welt diese kleine Schar der Süchtigen noch eine Konstante darstellt, hartnäckige Gemüter im Reich der Wendehälse?

Ob es die täglich immer wieder mobilisierte Energie des stetigen Aufbruchs in eine Atmosphäre ist, die das gemeine Menschengeschlecht eher meidet, da es gegen jegliches elementare Überlebenskalkül spricht, oder ob es die allgemeine Unterschätzung kommunikationsfördernder Aktionen ist, wie der Austausch von Neuigkeiten in Form von hechelnden Atemzügen, die als Worte nur den Rauchern verständlich sind, wäre hinsichtlich dieses Verhaltens ohne Frage der Beweis erbracht, dass diese Spezies eine ganz besondere Art Lebewesen darstellt.
Permanente Selbstzerstörung ignorierend, sind es doch quirlige Geschöpfe, immer zufrieden und glücklich paffend, um sich danach mit Freude auf die Arbeit zu stürzen.

Übrigens ...

... bei einem wissenschaftlichen Test wurden 4 Regenwürmer in verschiedene Gläser verteilt.
1. Regenwurm kam in ein Glas Alkohol
2. Regenwurm kam in ein Glas Sperma
3. Regenwurm kam in ein Glas mit Zigarettenrauch
4. Regenwurm kam in ein Glas mit Erde
Ergebnis nach einem Tag:
1. wurm tot
2. wurm tot
3. wurm tot
4. wurm lebendig
Was lernen wir daraus ???
Solange wir saufen, rauchen und bürsten bekommen wir keine Würmer.

Rituelle Handlungen

Vor langer, langer Zeit, als die Angestellten dieser kleinen Firma
noch fröhlich lachend durch die Flure schlenderten, immer mit
einem freundlichen Wort auf den Lippen nach dem Motto: Grüße
jeden Dummen, es könnte morgen schon dein Chef sein! - wurden
Ideen geboren, rituelle Handlungen hervorgebracht und diese in die
Tat umgesetzt.

Einer besonders kreativen Kollegin kam die Idee, ein Kärtchen gut
sichtbar an die Zimmertür zu hängen, worauf geschrieben stand:
LET'S PARTY! Die Rückseite war jedoch mit einem großen „!"
versehen. Die Idee war ihr gekommen, als die Unterschriftenmappe
mal wieder unterwegs war und die Damen darauf gefasst sein
mussten, dass die Tür plötzlich aufspringt und die Chefin mit der
Mappe im Zimmer steht, womöglich noch mit Klärungsbedarf zu
möglichen Schreibfehlern. Damit niemand durch die Präsenz dieser
Respektsperson überrascht wird, drehte eine verantwortungsvolle
Kollegin die Karte um. Das große „!" signalisierte: Vorsicht! Wenn
die Unterschriftenmappe dann zurück war, wurde die Karte als
Botschaft für alle umgedreht: LET'S PARTY! - denn mit
höchstmöglicher Wahrscheinlichkeit wird die Chefin wohl vorerst
nicht mehr auftauchen.

Nicht, dass im Büro dieser Angestellten dann großartig Party
gemacht wurde, doch ging die Arbeit wesentlich entspannter von
der Hand; vor allem auch die vielen kleinen Rituale zwischendurch,
die sich im Laufe der Jahre eingeschlichen haben, wie zum Beispiel
das Auffrischen des Nagellacks, Obst für die kleine Pause bereit
legen und Kaffeewasser aufsetzen, um nur die wichtigsten zu
nennen. Die Zerstreuungsutensilien, wie das Kaugummipäckchen,
die Schale mit Schokolinsen, die Vitaminpillen und eventuell
Zigaretten, die man vor Augen haben muss, um die Raucherpause
nicht zu vergessen, müssen ordentlich vorbereitet auf dem
Schreibtisch bereit liegen; der kleine Handspiegel für die

regelmäßige Überprüfung des zweiten Gesichts und auch die Tageszeitung müssen ausgepackt, die Prospekte daraus an die Kolleginnen weitergegeben werden. Zur seelischen Erbauung und etwas neidisch wandert auch schon mal der Blick zum gegenüber liegenden Dach, worauf ein verliebtes Elsternpärchen regelmäßig seine Balztänze vollführt.

Vor allem ist die Kommunikation zu pflegen. Zum Beispiel muss der Worterguss der Kollegin, die gerade das Zimmer verlassen hat, ausgiebig kommentiert und mit den Zimmerkolleginnen besprochen werden, nach dem ehernen Gesetz des Büroklatsches: Wer nicht im Raum ist, ist Gesprächsthema!

Dankbare Themen sind auch immer das unstete Wetter und die Kerle sowieso - das Ritual als Therapie. Wie schön!

Übrigens ...

... der immer gleiche Beginn mit den morgendlichen Ritualen zum langsamen Einstimmen in die zu bewältigende Arbeit für den Tag sei kein alberner Tick, so britische Wissenschaftler, vielmehr stärkten solche Rituale nicht nur das Selbstbewusstsein, sondern bereiteten uns auch auf die Anforderungen des Alltags vor. Danach sei man leistungsfähiger, könnte effektiver arbeiten und sei überdies auch besser gegen Stress gefeit. Diese kleinen täglich durchgeführten Rituale sind überaus wichtig im Arbeitsleben von Angestellten, tragen sie doch außerdem zur Stärkung des seelischen Gleichgewichtes bei.

Dies zu den Ritualen und zu dem eingangs genannten kleinen !Kartentrick!, mit dessen Hilfe diese sympathischen Gewohnheiten relaxt abzuarbeiten sind.

So hat alles seine zwei Seiten.

Geflügelte Worte

Zunächst die Geschichte von dem rassigen Mädchen, das im Sommer ihre Beinbehaarung unter dem Schreibtisch mit dem neu erstandenen Epiliergerät (Hinweis: ein Haarwurzelrupfgerät) bearbeitete. Durch das Summen unter dem Schreibtisch und einer nicht sichtbaren Angestellten wurde die inzwischen im Zimmer erschienene Chefin aufmerksam. Als sie die munter sich weiter rasierende Dame unter dem Tisch entdeckte, wurde dieser umgehend ein Verweis aufgrund der absonderlichen Tätigkeit erteilt. Daraufhin entgegnete die überaus körper- und selbstbewusste Dame forsch: SIE SEHEN ZWAR SO AUS WIE MEINE MUTTER, SIE SIND ES ABER NICHT! - woraufhin die Chefin mit geöffnetem Mund zunächst gefühlte 5 Sekunden keine Regung zeigte, um dann menschlich zutiefst enttäuscht das Zimmer zu verlassen. Keine Beleidigung sei es gewesen, sondern die Mutter sei wohl tatsächlich der Chefin im Aussehen sehr ähnlich, wie das besonders aufgeweckte Mädchen später erzählte.
Hier wurde im richtigen Augenblick das Recht auf freie Entfaltung bzw. Enthaarung durchgesetzt.
Bewundernswert!

Zu erwähnen ist auch die Episode von der Kollegin, deren Aufschrei: VERDAMMT, MEIN SCHLÜPFERGUMMI IST GERISSEN! für Irritation sorgte, stand doch während des emotionalen Ausbruchs unbemerkt von allen der Geschäftsführer in der Tür, dem allerdings die Worte fehlten, was im Allgemeinen bei ihm selten vorkam. Grinsend stand er noch eine Weile dort, um dann kurz darauf etwas verstört das Büro zu verlassen. Vielleicht erhoffte er sich eine gewisse Aufklärung über die allgemeine Materialermüdung von Schlüpfergummis insbesondere bei Büroangestellten.

Diese Kollegin hatte übrigens des Öfteren dieses missliche Problem; aus gewichtigen Gründen wird darauf jedoch nicht weiter eingegangen...

Einer Kollegin, die temperamentvoll wie keine andere die Dinge anging, passierte das Missgeschick mit der selbstgemachten Himbeertorte. Diese wunderbar duftende Torte auf dem Tortenteller leistete der Fahrstuhltür erbitterten Widerstand auf dem Transport in das bereits nach Kaffee duftende Büro, was die Konsequenz hatte, dass ein großer Teil der Torte in den Ritzen des Fahrstuhlschachtes langsam hinunterkroch, der andere Teil auf der Bluse der Ärmsten landete, so dass die Unglückliche von den Aussteigenden auch noch die dummen Sprüche ertragen musste; ganz zu schweigen von dem entgangenen Genuss. Doch sie nahm es gelassen und lächelte den Ärger mit einem allerdings etwas eingefrorenen Grinsen fort, nicht ohne sich lauthals mit dem Satz abzureagieren: SO EINE SCH....., DER GANZE MATSCH HÄNGT IN DER RITZE!

Übrigens ...

... erwähnt werden sollte hier auch der nette Dialog, der sich bei der Abschiedsfeier einer Kollegin ergab, als der Abteilungsleiter sie fragte:

Wie lange haben Sie eigentlich bei uns gearbeitet? -
Zwölf Jahre. -
Und warum verlassen Sie uns so früh? Sie werden doch erst in 5 Jahren pensioniert. -
Die Antwort der Kollegin: ICH BIN BEGNADIGT WORDEN!

Alkohol und Lebenslust

Nein!! - das geht gaaar nicht! - als wäre es bester Jahrgangssekt, so
der erste Eindruck. Doch wie entsetzlich, alkoholfrei ist das Zeug! -
alkoholfreier Sekt, es gibt ihn wirklich! - von führerschein-
verlustangstgepeinigten (Noch)verkehrsteilnehmern aus der Not
geboren, nur das kann den Kauf eines solchen Blubberwassers
rechtfertigen! - Offiziell ist zwar das Foltern in diesem Land definitiv
verboten, doch wird es umgangen mit dem Gesetz der Erlaubnis zur
Herstellung von alkoholfreiem Sekt.
Gezwungenermaßen, sozusagen von höchster Stelle befohlen, sind
hier in dieser kleinen Firma auf Jubiläums-, Scheidungs-,
Geburtstags-, Nachhochzeits-, Führerscheinprüfungs-, Lottogewinn-,
Weihnachts-, Oster-, Pfingst-, Beerdigungs-, Urlaubsantritts-,
Bergfestfeiern, also auf allen Freudenfesten, nur noch alkoholfreie
Flüssigkeiten zu konsumieren, getreu der Parole: ALKOHOL
ENTHEMMT UND MACHT SÜCHTIG!! - was ja auch der Wahrheit
entspricht. Doch lebt hier auch die Geschäftsführung ihre
moralischen Grundsätze gnadenlos aus, indem es den Angestellten
solcherlei Opfer abverlangt und sie ungerechterweise in die Ecke:
leichtfertig und sittenlos! - stellt.
Sicher, es wurde in alten Zeiten schon mal die Adler-
Schreibmaschine mit halbverdautem Mageninhalt gefüllt. Auch
wurde in einem Fall die Kollegin, volltrunken wie ein russischer
Elternabend, in den Zug Richtung Heimat gesetzt, schlief dort im
Abteil ihren Rausch aus und verpasste ihre Station, so dass sie sich
im Zielbahnhof Norddeich/Mole wiederfand. Es wurde auch schon
das eine oder andere Mal auf dem Tisch getanzt, lauthals auf die
Peiniger und Blutsauger aus der bel étage angestoßen, doch verlief
meist alles friedlich und relativ unauffällig. -
Doch soll die Geschichte hier von Anfang bis zum bitteren Ende
erzählt werden:

Vor langer, langer Zeit, als die Menschen noch fröhlich lachend und entspannt an den Schreibtischen saßen, immer ein freundliches Wort auf den Lippen, die Arbeit hochmotiviert verrichteten, die Vorgesetzten freudig lächelnd begrüßten und dies auch erwidert wurde, da war die Welt in dieser kleinen Firma noch in Ordnung. An den seltenen Tagen, an denen endlich wieder eine Feier anstand, wurden voller Begeisterung die Vorbereitungen getroffen; allerlei leckere Genüsse angeschleppt, wie Salzgebäck, Mohrenköpfe, Käsehäppchen, Schokoladenriegel, Schnittchen und natürlich diverse Flaschen mit Alkohol. -

So auch von der Kollegin, die im Januar Geburtstag hatte. Sie begann schon Tage vorher, all die Leckereien in die Firma zu schleppen, weil für die nächsten Tage Glatteis vorhergesagt wurde. Am Tag des Transports der sinnlichen Genüsse in Form von Alkohol war es dann tatsächlich eisig kalt, die Fußwege waren eine einzige Rutschbahn. Sie trat mit zwei Tüten voller Flaschen den morgendlichen Weg in die Dienststelle an und es passierte, was passieren musste - sie rutschte aus und stürzte. Beide Arme in einem anatomisch kaum nachvollziehbarem Winkel nach oben gestreckt lag sie bäuchlings, noch immer mit den Tüten in den Händen, auf dem Bürgersteig. Die Lippe blutig, das Kinn auf geschrammt, die Hose zerrissen war doch der Alkohol gottlob durch eine elegante artistische Meisterleistung gerettet, nach dem Motto: *Fallen ist weder gefährlich noch eine Schande. Liegenbleiben ist beides. (Zitat K. Adenauer)* - So wurde es trotz zerfetzter Klamotten und blutigem Gesicht noch ein schöner Geburtstag.

Die Kolleginnen wussten ihren Einsatz sehr zu schätzen und dankten es ihr mit schmetterndem Jubelgesang und einem dreifachen: Hoch, Hoch, Hoch.

Zum Thema Lebenslust ist auch unbedingt die Geschichte von der etwas spröden und jungferlichen Abteilungsleiterin, die auch mit ihren fast 60 Jahren noch immer auf die Anrede „Fräulein" bestand, zu erzählen. Am Tag ihrer Geburtstagsfeier, die sich dem Ende nahte, schob sie noch einmal einen Teewagen durch die Abteilungen, gut bestückt mit Wein und Gin, und bot in ungewohnt lockerer Art die „Reste" an, denn die Klügere kippt nach! Erstaunt zwar, doch unbekümmert griffen die Kolleginnen zu, nahmen sich jeder ein Glas und bedienten sich. Das Fräulein, gar nicht schüchtern und in Anbetracht dessen, dass kein Glas mehr vorhanden war, griff sich die Ginflasche und setzte an; hörte gar nicht mehr auf zu schlucken und prustete genüsslich die Luft raus, nachdem sie die Flasche fast geleert hatte. „Prost!" rief sie und setzte noch mal an. Alle saßen da mit offenem Mund, unfähig sich zu äußern, und schauten ergriffen und bewundernd zu dem Fräulein, das sich auf eine sympathische Art und Weise outete. Leider bekam ihr diese Druckbetankung ganz und gar nicht. Stunden später wurde sie durch Zufall in einem kleinen Abstellraum schlafend auf der Auslegeware entdeckt. Sie muss dort so aus dem Stand umgefallen sein, denn ihr Kopf lag direkt hinter der Tür. Und da sich diese pikante Sachlage nicht verschweigen ließ, wollten die Kolleginnen diese einmalige Gelegenheit nicht verpassen, eine schlafende Abteilungsleiterin im Alkoholrausch genauer zu betrachten. Die Tür ging auf, die Tür ging zu - und wieder auf und wieder zu und jedes Mal bekam das schlafende Frollein die Tür an den Kopf geknallt, niemand weiß wie oft. Sie erschien jedenfalls tapfer am darauf folgenden Montag am Arbeitsplatz. Seit diesem Vorfall sah man sie allerdings aus einem anderen Blickwinkel - sympathisch lasterhaft.

Ja, der Alkohol! Lässt die Leute völlig losgelöst, ja hemmungslos werden - nein, eben nicht! - Menschen, die einfach nur ihre unbändige Lebensfreude, ihre Lust und Freizügigkeit ausleben, sind in keiner Weise als enthemmt und zügellos anzusehen. Hier bestand eine wunderbare Gemeinschaft. Natürlich nicht zuletzt, weil alle wussten, bald ist wieder eine Feier, dann wirds wieder lustig und alle werden sich lieb haben. Diese Angestellten hatten einfach gute

Laune, auch in Zeiten partyfreier Tage, immer in Vorfreude auf die nächste heiße Fete.

Doch es war absehbar, die Katastrophe nahm ihren Lauf. Unbarmherzig folgte die Anweisung des Vorstands:

Das Trinken von Alkohol ist verboten!
Sollte jemand angetrunken angetroffen werden,
sind entsprechende Konsequenzen zu erwarten!

Es wurde gemunkelt, der Anlass des Verbots wäre unter anderem der ausgelassene Tanz einer Kollegin gewesen, allerdings auf dem teuren Teakholztisch im Sitzungssaal in der bel ètage. - Schmutzige Lieder soll sie außerdem skandalöserweise lauthals durch den ehrwürdigen Saal geschmettert haben. Sie wäre danach völlig hilflos und erschöpft nach Hause gebracht worden, unfähig ihre Adresse über die Lippen zu bringen, so wurde erzählt.

Damit begann die Ära der alkoholfreien Feiern.
Doch gibt es ja dieses Phänomen, wenn etwas verboten wird ... genau! - das Verbot wird auf sicher umgangen. Das dachten sich auch einige Zimmerkolleginnen, die ein stilles Reservoir anlegten: Klötenkööm! - auf gut hochdeutsch - Eierlikör! Ganz bescheiden in einem leeren Ordner, der unverdächtig beschriftet wurde, deponierte man das wertvolle Tröpfchen. Punkt 10.30 Uhr machten dann mit Eierlikör gefüllte Schokobecher die Runde, begleitet von einem genüsslichen: Hmmm! - die Lippen noch benetzt mit einem Hauch des köstlichen Tropfens, mit der Zunge kunstfertig entfernt, ertönte abermals ein einvernehmliches: Hmmm! So erfreute ein kleines allmorgendliches Ritual die Angestelltenherzen und bewirkte, dass gutgelaunt die Arbeit getan wurde.
Im Winter wurde der Eierlikör durch Hochprozentiges ausgetauscht, das konnte dann auch schon mal an besonders kalten Tagen ein

selbst gebrannter Sliwowitz sein, den eine kroatische Kollegin regelmäßig aus dem Urlaub mitbrachte. Auf jeden Fall rechtfertigte darüber hinaus das Kantinenessen diesen feinen Tropfen, zumal das dort verwendete Bratfett den Magen und die Speiseröhre verklebte und Blähungen unvermeidbar waren.
So waren einige in dieser Firma nach wie vor fröhlich und zufrieden und selbst den missmutigen Kolleginnen wohlgesonnen. Ob die schlechte Laune dieser Missgestimmten durch Blähungen oder durch den Mangel an geistigen Genüssen verursacht wurde, entzieht sich der Kenntnis der Autorin.

Übrigens ...

... hat sich das Rezept einer wunderbaren Bowle aus den alten Suffzeiten bewährt. Irgendwann wurde sie Orgasmus-Bowle getauft, weil nach jedem Schluck lustvoll gestöhnt wurde - „Oh jaaa, das ist der Wahnsinn, hmmmm, ja, mehr, mehr!" Dieses famose Getränk wurde immer wieder gerne angeboten und das 3-Liter Bowlegefäß jedes Mal restlos geleert.
Hier das Rezept:

Orgasmus-Bowle
1 Flasche Sekt (nicht alkoholfrei!!!)
1/2 Flasche Wodka (den Rest zum Verlängern, wenn es dem Ende zugeht)
0,7 Liter Mineralwasser
1 Liter Orangensaft
1 Packung Vanilleeis

Das Eis zuletzt unterheben; es schäumt dann wunderbar und die Bowle wird nicht nur zu einem Fest für den Gaumen, sondern auch zu einem wahren Augenschmaus.

have a break

Arbeitspausen sind kein Zeichen von Faulheit, sondern geben Körper und Geist neue Energie. Schon nach zwei Stunden Arbeit zeigt die Leistungskurve nach unten. Danach sollte man sich eine kleine Pause genehmigen, um wieder konzentriert arbeiten zu können, empfiehlt eine Krankenkasse. Dabei unterscheidet man zwischen aktiven und passiven Pausen. Möchte sich jemand aktiv erholen, kann er eine Zeitlang Aufgaben erledigen, die den Geist weniger fordern - zum Beispiel Briefe zur Post bringen oder den Schreibtisch aufräumen. *„Auch eine passive Pause ist keine vertane Zeit, wenn man bewusst einige Minuten etwas anderes tut"*, erklärt ein Sprecher der Krankenkasse. Mit ein paar Gymnastikübungen zum Dehnen der verspannten Schulterpartie oder mit einigen meditativen Minuten tankt man wieder neue Kräfte.

Eine bewährte Technik für ganz kurze Pausen ist die gezielte Wahrnehmungslenkung. Man lenkt seine Gedanken gezielt auf eine schöne Erinnerung oder lässt ein Bild vor dem inneren Auge entstehen - von einem sanften Wellenschlag am Meeresstrand oder einer sonnigen Waldlichtung. Sogar ein kräftiges Gähnen hilft beim Entspannen und verbessert die Sauerstoffzufuhr im Gehirn.

Hier eine kleine Wahrnehmungslenkung in englischer Sprache, gleichzeitig aber auch eine Übung gegen Konzentrationsschwäche und Bewegungsmangel und als kleiner Test, wie weit man der englischen Sprache mächtig ist:

This is so stupid but I had to pass it on ...How smart is your right foot?
This is so funny that it will buggle your mind and you will keep trying it at least 50 more times to see if you can outsmart your foot. But you can't!!! -

While sitting at your desk, lift your right foot off the floor and make clockwise circles with it.
Now, while doing this, draw the number "6" in the air with your right hand.
Your foot will change direction!!!
I told you so … and there is nothing you can do about it.

Nachfolgend eine Blitzableiter-Übung, die sich auch prima für zwischendurch im Büro eignet, vor allem nach Begegnungen mit tobenden Gewitterhexen, die durch die Büroflure jagen und nach Opfern suchen, denen sie ihre Blitze durch die Knochen jagen können, um sie gefügig zu machen:

1. Aufrecht sitzen auf dem Stuhl mit gerader Sitzfläche, damit die Lendenwirbelsäule gerade gehalten werden kann. Die Atmung fließt ruhig. Sie kommen langsam zur Ruhe. Die Hexen lassen Sie einfach abblitzen.

2. Jetzt beide Schultern zu den Ohren hochziehen sowie die Kiefermuskeln anspannen, indem Ober- und Unterkiefer aufeinander gepresst werden. Diese Spannung ca. 30 Minuten halten.

3. Sie hören es zischen und fauchen - eine nach der anderen blitzt bei Ihnen ab.

4. Mit einem Seufzer ruckartig die Schultern fallenlassen und die Spannung im Kiefer lösen. Alle Muskeln locker lassen, regelrecht in sich zusammen sinken, loslassen. Sie trampeln fest mit beiden Füßen auf die Erde und rufen vollkommen enthemmt: All you need is love, dub di dudidu!

Genießen Sie die den Zustand der Entspannung!

Übermut ist immer gut

Nur ein kleines Blatt Papier, DIN A 4. Es hing außen an der Bürotür: SKLAVEN ENTLÄSST MAN NICHT, SKLAVEN MÜSSEN VERKAUFT WERDEN!
Die Kolleginnen wollten sich einen Spaß machen, ging doch das Gerücht, dass Entlassungen bevorstanden. Es war natürlich Galgenhumor im Spiel, Ironie und Spöttelei wohl auch, aber dennoch - souverän darüber zu stehen, macht doch die wahre Größe der Herrschenden aus. Die Geschichte lehrt uns jedoch, dass dies selten genug der Fall war und immer noch ist, wie auch hier - das Blatt war am nächsten Morgen fort!
Es wurde erneut eine Kopie gemacht und an die Tür gehängt. Das Spielchen ging so 4 bis 5mal, ohne dass herausgefunden wurde, wer hinter der erbärmlichen Beseitigungsaktion steckte. Hier meinte jemand offensichtlich, seine Aufgabe als Blockwart erfüllen zu müssen, was er auf entsprechend feige Art und Weise tat, und dafür konnte nur der „Direktor", wie alle ihn nannten, der Kalfaktor der Dienststelle, infrage kommen. Immer bereit, zu dienen und gefallen - und zuzutragen. Es stellte sich heraus, dass er es tatsächlich war, der Direktor Schleimbeutel, ein Beweis dafür, dass der gattungsgeschichtliche Rückfall in das Zeitalter der Rückgratlosen seinen unaufhaltsamen Lauf nimmt. Er funktionierte, machte seinen Job hundertpro und konnte deshalb diese Art der Provokation nicht dulden. Welche Art Provokation der Mann denn dulden würde, daran sollte weiterhin gearbeitet werden.
Dazu ergab sich am Rosenmontag eine allerdings unbeabsichtigte Gelegenheit.
Die kleine, von Entlassung nun doch verschonte Damenrunde hatte sich zum Frühstück in die Kantine begeben, und weil es Rosenmontag war, hatten sie die wunderbare Idee, sich ein Herzchen mit Lippenstift auf die Wange zu malen. So gingen sie gutgelaunt zum Frühstücken. Helau, Alaaf und ein kooperatives

Helaaf schallte durch die Kantine. Alles was dieser Rosenmontag so an Narrenfreiheit in der kleinen Firma zuließ, wurde von den drei lustigen Damen ausgelebt. Begleitet wurde dieser öffentlich gemachte ungezügelte Ausbruch närrischen Treibens von spöttischen Seitenblicken und schüchternem Grinsen.
Kaum wieder am Schreibtisch, erschien der bereits oben erwähnte Ordnungshüter persönlich!! im Büro der Damen, um sich nach deren Zustand zu erkundigen. Er meinte in Erfahrung bringen zu müssen, ob hier denn Alkohol getrunken wurde. Die Damen erinnerten ihn daran, dass Rosenmontag wäre und ein wenig Heiterkeit doch wohl erlaubt sei. Niemanden hätte es verwundert, wenn er das Pusteröhrchen zwecks Promillemessung lässig aus der Tasche gezogen hätte, doch nichts geschah. Er glaubte tatsächlich den Worten von nicht zurechnungsfähigen Weibern. Beim Hinausgehen murmelte er, dass hier schließlich fürs Arbeiten bezahlt wird. Dieser überaus intelligente Hinweis hat die Damen bewogen, sofort ihren Pflichten als Arbeitnehmer nachzugehen, immer vor Augen, dass das Leben Mühsal und Plag' ist und an das Vergnügen erst gedacht werden kann, wenn alle Arbeit getan ist - also nie!
Kein Grund zum Trübsal blasen! Auf den nächsten Arbeitstag freuen sich schon alle. Die Kollegin, die sich glücklich schätzen kann, einen Konditor im Dorf zu haben, wird den allgemeinen Verdruss des gestrigen Tages mit einem wunderbaren Kuchenbufett vertreiben, appetitlich angerichtet auf dem Rollwagen für die Ordner.

Büromanze oder Büromieze

In dem Buch „Mädchen für alles" beschreibt Annette C. Anton, wie typische weibliche Jobfallen vermieden werden können. Diese Fallen lauern überall, natürlich ganz besonders in Firmen, wo besonders viele Frauen arbeiten. Für diese tapferen Frauen soll diese kleine Liste auch gemacht worden sein; am besten immer bei sich tragen, oder noch besser:
Auswendig lernen!
Also hier die wichtigsten „TU ES NICHT! - Punkte:

- *Sich sofort fürs Kaffeekochen und Kopieren zuständig zu fühlen*
- *Ganz bescheiden mit den eigenen Erfolgen umgehen*
- *Konflikte vermeiden, weil man/frau sonst Streit aushalten müsste*
- *eine nette Arbeitsatmosphäre wichtiger finden als Karrierechancen*
- *Kritik zu persönlich nehmen*

Aufpassen muss frau natürlich beim Streben nach der großen Karriere, dass sie nicht zur besessenen Frau Schmidt-Wichtig wird, denn diese Art der strebsamen Bienchen stirbt nach neuesten Forschungsergebnissen (hoffentlich) früher (aus). Allerdings ist diese Spezies der Wichtigtuer beruhigenderweise mehr bei den Männern vertreten, obwohl die Frauen nun auch immer mehr nach vorne driften.
In einer Studie an „sozial dominanten Männern" wurde herausgefunden, dass eben diese früher sterben als andere. 22 Jahre lang wurde das Schicksal von 750 Männern verfolgt, die allesamt der Mittelschicht angehörten. Das eindeutige Ergebnis dieser ersten Studie zu den langfristigen Risiken sozialer Dominanz ist eindeutig: 60 Prozent der in den Interviews als „Wichtigtuer"

identifizierten Männer starben gegenüber ihren ruhigeren Geschlechtsgenossen wesentlich früher. *„Wir kennen zwar nicht die Ursache für diesen Effekt, aber wir vermuten, dass sozial dominante Männer ständig aufgeregt sind, dass sie unter Stress stehen und deshalb mehr schädliche Stresshormone produzieren,"* so die Aussage. Eine andere Möglichkeit sei, dass Gene, welche das Sozialverhalten beeinflussen, auch Herzkrankheiten und andere Leiden fördern könnten. Diese Krankheiten wiederum können das Leben entscheidend verkürzen.

Schon früher hatten Forscher festgestellt, dass sogenannte A-Typen ein erhöhtes Risiko haben, an Herz- und Kreislaufleiden zu sterben. Sie streben nicht nur nach sozialer Dominanz, sondern verhalten sich auch feindselig gegenüber ihren Mitmenschen. Diese beiden Eigenschaften seien nicht identisch. Während Feindseligkeit wie ein Werkzeug zur Durchsetzung des eigenen Willens eingesetzt wird, streben sozial dominante Persönlichkeiten oftmals ohne Aggressionen nach Kontrolle.

Interessanterweise haben sozial dominante Frauen ein geringeres Risiko, weil Dominanz für sie eine andere Bedeutung hat. Bei Männern scheint die Kontrolle über andere zum Selbstzweck zu werden, und das ist möglicherweise das Gefährliche an der männlichen Dominanz. Frauen dagegen versuchten ihre Ziele eher durch Teamwork als durch Konkurrenz zu erreichen. Zumindest für Männer sei das Vorherrschaftsstreben ein „moderater" Risikofaktor, wird bilanziert.

Wenn sie diesen Charakterzug haben, könnte es nicht schaden, ihn zu verändern, so der gute Rat.

Angemerkt wird zu diesen Ausführungen, dass bei vorwärts strebenden Frauen im Berufsleben immer öfter beobachtet wird, dass sie meinen, sich immer männlicher verhalten zu müssen. Eine Anpassung bis hin zur Garderobe. Anzunehmen, dass ein dezenter Anzug mit weißer Bluse bei den ehrgeizigen Damen im männlichen

Kollegium als überaus willkommen angesehen wird. Verursacht das Äußere dieser Damen doch wenig Aufregung, so kann Mann sich der mit kaum sichtbaren weiblichen Attributen ausgestatteten Person auf geschäftlicher Ebene nähern, ohne den Konflikt mit sich austragen zu müssen, dass eine sexuelle Eroberung zu erfolgen hat, gemäß dem Bauplan des männlichen Geschlechts. Mit viel Wohlwollen hat die Dame dann eine Chance auf mögliche Beförderung, oder auch nicht.
- So beginnt das Problem der sozialen Dominanz bzw. der Wichtigtuerei auch immer mehr bei den Damen zum Selbstzweck zu werden und ebenso das einhergehende Risiko, früher zu sterben.

Von der Frau, die sich erfreulicherweise ihre Authentizität erhalten und ihre Haut nicht zu Markte getragen hat, erzählt der nachfolgende Text und davon, wie eine Karriere im dezenten Grau in diesem Fall gar nicht erst angestrebt bzw. der Job aufgrund der mutigen Offenbarung weiblicher Attribute eingebüßt wird:

Die sinnliche Praline
Sie ist so wahnsinnig erotisch
Sitzt täglich fleißig am Bürotisch
Sie hat nen Gang wie Marilyn
Tippelt sie zum Kopierer hin.

Süß wie ne sinnliche Praline
Macht zum bösen Spiel die Miene
Wenn sie in die Kantine geht
Und für Bouletten Schlange steht.

Sie ist verführerisch kokett
Wer hofft nicht auf ein tete à tete
Mit dieser hinreißenden Frau?
Doch weiß die wirklich nicht genau

Was denn nur alle von ihr wollen
Wenn Damen mit den Augen rollen
Und Herren sie fixierend scrollen. *)
Mit Unschuldsblick und Hüfte kreisend
Verheißungsvolle Worte säuselnd
So nimmt man an, dass sie so wäre
Mit heißen Dates und `ner Affaire.

Doch wie so oft, alles gelogen
Sie hat nicht Ehemann betrogen
Auch ihre Kinder sind wohlauf
die Frau ist einfach nur gut drauf.
Ist Weib mit allen Attributen
und viele der sittsamen Herren vermuten
die hüpft mal schnell ins Bettchen rein
unfassbar, die Antwort lautet: Nein!
Wird sie gefragt, ob der Abend frei!

Das ist unglaublich, Meuterei!
Der Charme, der so manchen Herren fehlt
Bei ihr wirds als Anzüglichkeit ausgelegt.

Frau will nicht das, was er sich verspricht?
Die coolen Herren ertragen das nicht!
Unwiderstehlich in ihrer Macht
erwarten sie Fügsamkeit und Leidenschaft
Sie fühlen sich hereingelegt -
Was er nur mit kleinlicher Rache erträgt -
Was tun? - die Frau wird abgesägt.

*) scrollen lt. Duden: Eine Darstellung durch vor allem vertikales
Verschieben in Ausschnitten nach und nach auf dem Bildschirm (in
diesem Fall auf den Synapsen eines Männerhirns) erscheinen lassen.

Krisenkämpfe

Das Ende der Kuschelzeit ist in Sicht.
Die Krise bzw. die internationale Rezession und die Angst vor
Jobabbau erhöhen den Konkurrenzdruck in deutschen
Unternehmen.
Das zumindest ist das Ergebnis einer Umfrage:
Während in den letzten Jahren die meisten Firmen auf Kollegialität
und Zusammenarbeit gesetzt haben, könnte das Klima demnächst
etwas rauer werden. Mehr als die Hälfte der 2000 befragten
Arbeitnehmer ging von einer Eintrübung der Atmosphäre aus und
dass sich der interne Wettbewerb unter Kollegen ausweitet. Ein
Drittel erwartete eine unveränderte Konkurrenzsituation, und nur 15
Prozent glaubten, dass eine Krise sie und ihre Kollegen
zusammenschweißt bzw. kaum beeinträchtigt. Dabei ist es gerade in
schwierigen Zeiten wichtig, an einem Strang zu ziehen und sich
gegenseitig zu stützen, denn im Team verteilt sich der Druck auf
mehrere Schultern - und man macht weniger Fehler.

Und wie sieht es mit dem Betriebsklima in unserer kleinen Firma im
Herzen Deutschlands aus? Eine Krise trifft die
Dienstleistungsbranche vielleicht nicht ganz so schwer. Dennoch
wurde interessehalber eine Umfrage unter 10 Kolleginnen
durchgeführt zum Thema Kollegenkämpfe und Betriebsklima in
Zeiten der Rezession. -

Das Ergebnis:
Frau K.: „Kollegenkämpfe? - Ich habe meine Kopfhörer mit geiler
Musik auf den Ohren, da brauche ich mir das dumme Gelabere nicht
anzuhören!"

Frau M.-L.: „Na klar, Betriebsklima bestens! Ich sitze allein im
Zimmer!"

Frau H.: „Mein PC steht so, dass mich dahinter keiner sieht. Wenn ich trotzdem angequatscht werde, genügt ein genervtes „HÄ?" - meistens habe ich dann meine Ruhe."

Frau D.: „Ich fühle mich hier wie zu Hause, da wird auch nur das Nötigste gesprochen. Nur mit dem Unterschied, dass hier kein Fernseher läuft."

Frau S.: „Krise? Nichts Neues hier! Sind doch sowieso alle in `ner Glaubenskrise! Dass da noch mal `ne Gehaltserhöhung bis zur Rente kommt, da glaubt doch keiner dran. Und da soll das Betriebsklima nicht drunter leiden?"

Herr H.: „Also ich gehe gerne in die Firma. Das Essen in der Kantine schmeckt prima."

Frau St.-L.: „Wenn ich ihr morgens den Kaffee an den Schreibtisch bringe, ist meine Chefin den ganzen Tag supernett zu mir. Und wenn ich ihr die Blumen umtopfe, dann sagt sie immer: Müllerchen, bist doch die Beste hier in diesem Laden!"

Frau G.: „Ich habe da so ein Denkzettelkästchen mit ermutigenden Gedanken bekannter Frauen, wie Mutter Theresa, Rosa Luxemburg, Dolly Buster, Hildegard von Bingen und Trude Herr. Da greife ich mir jeden Tag ein Zettelchen raus."

Also geht doch! - Rezession? Die gibt's woanders!

Kleiner Briefwechsel

Liebe Kollegin!
Sollte es jetzt üblich sein, Lebensmittel, die etwas intensiver riechen, so wie mein geräucherter Fisch, einfach in die Mülltonne zu werfen, ohne vorher die Besitzerin ausfindig zu machen (Kollegin vielleicht kurz anmailen), bitte ich um eine genaue Auflistung der geruchsintensiven Lebensmittel, die im Kühlschrank zukünftig nicht gelagert werden sollen.

Antwort:
Wo war die Namenskennzeichnung auf der Fischdose??

Liebe Kollegin!
Ohne Kennzeichnung wandert also alles, was einigen Leuten stinkt, in den Müll?? Gut zu wissen!

Übrigens …

Auch in diese Richtung kann sich das Denkorgan in einem entsprechenden Umfeld entwickeln. Es lebe die Bürokratie! Es lebe der Weisungsglaube auch auf die Gefahr hin, dass der Hungertod der Ignorantin in Betracht gezogen werden könnte.

Ein guter Rat

In jedem der vielen Gänge des Bürohauses steht ein Kopierer.
Frequentiert wird der jeweilige Kopierer von vielen Kollegen.
Natürlich streikt diese Maschine auch das eine oder andere Mal,
meistens wegen eines Papierstaus. Dass dieser beseitigt werden
muss, ist selbstverständlich, doch ist das nicht immer so einfach. Das
meist zerknickte und zerbröselte Blatt Papier muss mühsam im
Labyrinth der Eingeweide des Kopierers aufgespürt werden.
(Ein Phänomen ist es oder in diesem Fall auch unter Murphys Law
einzuordnen, dass dieser Papierstau meist bei Privatkopien entsteht.
- Sollte es doch so etwas wie eine geheime Macht geben, die unter
dem Einfluss des schlechten Gewissens die Technik dazu veranlasst,
zu streiken?)
Es ist nicht selten, dass Bemühungen fehlschlagen und dem Ding
einfach den Rücken zugekehrt wird (bei Kochrezepten kein Problem,
bei Bewerbungsunterlagen schon eher).
Diesen Kollegen wird in Form eines riesigen Zettels über dem
Kopierer folgender Ratschlag erteilt:

„Wenn Ihnen hier etwas passiert (z. B. Papierstau, Toner leer) haben
wir einen guten Rat für Sie:
Sehen Sie sich vorsichtig um, ob Sie jemand beobachtet.
Ist niemand in Sicht, nehmen Sie schleunigst Reißaus.
Damit erfüllen Sie das noble Motto: Nach mir die Sintflut!
Mit diesem Verhalten befinden Sie sich in guter Gesellschaft; viele
Kollegen praktizieren das heute schon!!"
Eine herrliche Ironie. Leider verschwand dieser Zettel schon nach
kurzer Zeit.
Auch die „Verhaltensregeln am Fotokopierer als Gedankendialog mit
der eigenen Person" sind im Zusammenhang mit der Bedienung des
Kopierers unbedingt erwähnenswert:

Funktioniert das verdammte Ding? → ja →Fummel bloß nicht dran rum!→Alles klar!

Funktioniert das verdammte Ding?→nein→Hast du dran rumgespielt?→nein→Wird man dich verantwortlich machen? →nein→Kümmere dich nicht drum!→Alles klar!

Funktioniert das verdammte Ding?→nein→Hast du dran rumgespielt?→nein→Wird man dich verantwortlich machen? →ja→DU ARMES SCHWEIN!→Kannst du jemandem die Schuld zuschieben?→ja→ALLES KLAR!

Funktioniert das verdammte Ding?→nein→Hast du dran rumgespielt?→ja→DU RINDVIEH!→Hat es jemand gemerkt? →ja→DU ARMES SCHWEIN!→Kannst du jemandem die Schuld zuschieben?→ja→ALLES KLAR!

Funktioniert das verdammte Ding?→nein→Hast du dran rumgespielt?→ja→DU RINDVIEH!→Hat es jemand gemerkt? →ja→DU ARMES SCHWEIN!→ Kannst du jemandem die Schuld zuschieben?→nein→DUMMBACKE!

Funktioniert das verdammte Ding?→nein→Hast du dran rumgespielt?→ja→DU RINDVIEH!→Hat es jemand gemerkt? →nein→pfeife eine unverdächtige Melodie und verschwinde schnellstens→ALLES KLAR!

Furchtbar nette Kollegen, Sozialraudis und andere Flegel

Nette Kollegen sind laut einer Umfrage für die meisten Menschen in Deutschland sehr wichtig. Nett ist hier mal nicht der kleine Bruder von Sch ...
Für 88 Prozent hängt der Spaß beim Job nach einer Umfrage vor allem von einem angenehmen Miteinander ab, berichtete eine Münchner Zeitschrift.
Da erstaunt es auch nicht, dass der Tritt in den Hintern eines Kollegen grundsätzlich eine fristlose Kündigung rechtfertigt, so die Entscheidung des Hessischen Landesarbeitsgerichts - auch wenn der gewalttätige Mitarbeiter zuvor verbal provoziert und beleidigt worden war. Laut Urteil gibt auch eine massive Beleidigung noch keinen Anlass für derartige Tätlichkeiten. Es bedarf auch keiner vorherigen Abmahnung, weil von vornherein feststeht, dass der Arbeitgeber ein derartiges Fehlverhalten missbilligt.

Auch in der kleinen Firma ist die eine oder andere Situation recht brisant gewesen. Fiese Gemeinheiten bis hin zu Androhungen regelrechter Metzeleien sollen hier eine Aufzählung finden:
So zum Beispiel das Gemunkel über die Ankündigung eines bewaffneten Überfalls der gesamten Sippe auf eine verhasste Kollegin. Oder auch das Gerede über die Einschüchterung einer Kollegin, indem man ihr von der Wirkung einer Flüssigkeit erzählte, die im hübschen Gesicht unangenehme Folgeschäden verursacht, die nicht gerade dazu beitragen, sie auch künftig als fotogen zu bezeichnen.
Auch der starke Ehemann musste schon als Schreckensbild herhalten, wobei im Fall der vermeintlichen Stärke mehr der Wunsch der Vater des Gedankens war.

Nun denn - es waren bisher nur Drohungen, soweit die Kenntnis.

Dennoch muss hier unbedingt die mutige Dame erwähnt werden, die eine günstige Situation im Fahrstuhl nutzte. Es ergab sich die Gelegenheit, dass sie die Kollegin, die seit Wochen schon systematisch Lügen über ihre erotischen Vorlieben verbreitete, dort allein antraf. Es muss hier erwähnt werden, dass die mutige Dame ein delikates Hobby hatte. Gemeinsam mit ihrem Mann besuchte sie die Erotikmessen im ganzen Land, nicht ohne sich kleine Helferlein zum Verwöhnen mitzubringen. - Doch um wieder auf die Begegnung im Fahrstuhl zurück zu kommen - nachdem die Ehrverletzte den Schalter auf Fahrstuhl-Stop gedrückt hatte, lief sie zur Höchstform auf und drohte massiv Kloppe an, sollten die Verleumdungen gegen sie nicht zurückgenommen werden. Sie kam ihr dabei gefährlich nah, so dass die verhasste Person ihr ganzes Hormonpotenzial spürte, allerdings diesmal mehr in Richtung Testosteron, das ja auch beim weiblichen Geschlecht steuernd wirken kann - bereit zum Kampf!
Solche beherzten Menschen sind doch ein Glücksfall für jede Firma. Hat diese Androhung doch bewirkt, dass jene Person angeblich ihre Schandtaten bitterlich bereut hat. Kein Anwalt, keine entnervenden Szenen vor dem Personalchef - ihre Differenzen haben die beiden Streithennen gemeinsam ohne lästige Zeugen in den Griff bekommen.

Das flegelhafte Zunähen von Jackenärmeln, um diese mit dem papiernen Locherinhalt zu füllen, ist nicht wirklich als brisant zu bezeichnen. Schreckhaften Kolleginnen Büroklammern in die Bluse zu werfen, kann man auch nicht unbedingt zu den gewalttätigen Aktionen zählen. Der alte Schabernack mit dem Käse unterm Sitzkissen ist kaum noch erwähnenswert, doch die Wirkung ist nach wie vor verblüffend. In diesem Fall lebte der Käse gemäß seiner Natur so richtig auf, was man von der eingeschnappten und stinksauren Kollegin, die sogar mit einer Anzeige wegen seelischer Grausamkeit drohte, nicht behaupten konnte.

Im Großen und Ganzen wird hier in der kleinen Firma ein harmonisches Miteinander gepflegt, wenn man von den anfangs genannten Drohgebärden einmal absieht und auch den ausgesprochen bissig ironischen Worten, die wohl nur Frauen, die wirklich hassen, hin und wieder ihren Rivalinnen wie einen lauwarmen Waschlappen ins Gesicht klatschen, wie folgende bemerkenswert unverschämten Sätze, die mit süßer Stimme der Verabscheuten leise, doch sehr bestimmt entgegen gesäuselt wurden:„Herzchen, ich finde das so erfrischend, dass du dich über ein gewisses Niveau hinwegsetzt. Irgendwie so anspruchslos, so schlicht, ausgesprochen nichtssagend. Ach, und vergiss nicht, ein Foto von da oben zu schießen. Hohlköpfe sollen ja bekanntlich leicht in höheren Regionen schweben."
Hääärlich!!! Das hat Biss!

Erwähnt werden muss hier auch das in jedem Büro sich zutragende Verhalten der Sozialraudis bis hin zu der allgemeinen Gaudi auf Kosten unbedarfter Kolleginnen.
Dieses schlechte Benehmen in Form von Verhöhnungen jeglicher Art ist jedoch äußerst schwer auszurotten. Die Geschichten über Grobheiten gegenüber den Kollegen/innen, Entgleisungen bis hin zur Entehrung tragen selbst Generationen später noch immer zur Belustigung bei. Die Opfer sind meist schon längst in den Ruhestand gegangen, doch fällt der Name derjenigen Person, erschallt sofort ein Prusten und Feixen, dass die Geschichte über die Ärmste sofort noch einmal erzählt werden muss.
So sei zum Beispiel als Entgleisung der besonders ekligen Art, das Befüllen der Gummifingerlinge, zu nennen. Als Arbeitsmittel dringlichst zum Umblättern der Rechnungen gebraucht, wird das unschuldige Opfer in die Falle gelockt bzw. in den grünen Fingerling mit dem farblich damit harmo-nierenden mittelscharfen grünlich gelben Senf. Arglos steckt sie den Finger in das Gummi und - quittsch!!! - breiig quillt der Senf heraus. Es kann auch schon mal mit

viel Glück Honig sein, dann hat die Arme neben dem Ärger wenigstens was zum trostschlecken. Trotzdem kein gutes Benehmen!

Es soll auch das Verlassen der Büros oftmals mit großem Risiko verbunden sein, wenn die gefüllte Kaffeetasse dort auf dem Schreibtisch zurückgelassen wurde. Der Grund des vorzeitigen Verlassens des Gebäudes wegen Übelkeit basierte nicht selten auf die dem Kaffee zugefügte Beimischung von rohem Eiklar im harmlosen Fall oder auch Abführmittel in böswilliger Absicht. Die Aktion hatte auf jeden Fall einen gewissen Lerneffekt. Die Kaffeetassen waren immer leer, wenn die Kolleginnen das Büro verließen.

Ein Foto des potentiellen Liebhabers, der als einer der wenigen männlichen Angestellten auch der kleinen Firma angehörte, ein Foto zufällig im Intranet entdeckt, ausgedruckt unter die Arbeitsunterlagen geschmuggelt, war da noch die harmlose Variante des schlechten Benehmens. Als die Kollegin das Foto fand, wussten alle, dass es ein gefährliches Unterfangen ist, eine verheiratete Frau auf diese Art und Weise bloßzustellen. Man musste mit dem Schlimmsten rechnen, als sich die Genarrte von ihrem Platz erhob und sich der Verdächtigen mit wutverzerrtem Gesicht bedrohlich näherte. Man konnte sie gottlob zur Umkehr bewegen, indem man ihr in fest geschlossener Reihe und mit bösem Blick energisch entgegentrat, bewaffnet mit dicken roten Gummibändern, die in ihre Richtung zielten.

Der Kollegin, die ihre Arbeit nur im Laufschritt erledigte und sich am Kopierer wie selbstverständlich dazwischen drängelte, wurde der Netzstecker des Computers herausgezogen, weil sie so unerträglich eifrig und geschäftig war. Bis sie bemerkte, wie die Störung zustande kam, verging einige Zeit. So war im Zimmer endlich mal Ruhe und

Entspannung eingekehrt. Auch kein gutes Benehmen, doch in diesem Fall sollte ein wenig Verständnis für die Aktion der genervten Kolleginnen aufgebracht werden.

Völlig daneben war auch die brutale Art und Weise, wie das kindlich naive Gemüt einer jungen Angestellten innerhalb von Minuten zerstört wurde. Sie hatte schon länger Probleme mit dem Handgelenk , weil sie sehr viel an der Rechenmaschine arbeitete. Sie fragte den Hausmeister, ob er eine Idee habe, wie man die Maschine in eine bequemere Stellung bringen könnte. Nach einiger Zeit kam er mit einer Art Rampe für die Rechenmaschine wieder und schob sie darunter. Die Kollegin war begeistert und äußerte ihre Entzückung darüber mit den Worten:
„Ihr Ding können sie sich patentieren lassen!"
„Das haben schon andere vor mir getan", war die Antwort.
„Äh, Ihren Ständer meine ich", stotterte die Kollegin.
Es war zu spät, nichts war mehr rückgängig zu machen. Der Mann lief prustend und lachend aus dem Zimmer und binnen kürzester Zeit kannte jeder Mann aus dem Haus die Dame mit den lockeren Sprüchen. Seit diesem Zeitpunkt hatte sie auf verbale Weise ihre Unschuld verloren. Das gehörte sich fürwahr nicht, eine anständige Dame so zu brüskieren.

Übrigens ...

... die Idee einer Marketingfirma in England setzt sich über das Thema Knigge im Büro einfach hinweg.
Strippen fürs Arbeitsklima! Dafür plädieren die Angestellten dieser Firma. Um die schlechte Stimmung in der Belegschaft wieder aufzubessern, haben die Mitarbeiter für einen Tag ihre Hüllen fallen lassen und sind weitgehend nackt ins Büro gekommen. Die Idee hatte ein Arbeitspsychologe, der von dem Unternehmen engagiert

worden war. Ja, die Engländer … sind sich nicht zu schade für ein Späßchen auf eigene Kosten.

Wortgewandte Plaudertäschchen

Männer sind, wie allgemein angenommen, eher wortkarge Gesellen. Beim Frühstück grummeln sie hinter ihrer Zeitung und abends antworten sie auf die Frage: "Wie war dein Tag?" mit einem knappen „Hm!"
Nur ein Klischee? Nein! Eine US-Soziologin hat heraus-gefunden, *dass Männer relativ wenig zu sagen haben. Pro Tag kommen sie im Schnitt mit 12.000 Wörtern aus. Frauen brauchen fast das Doppelte (23.000).*
Mögliche Gründe: Weibliche Föten bewegen schon im Mutterleib ihren Kiefer sehr intensiv. Und Männer sind das Schweigen ohnehin seit der Steinzeit gewohnt - um bei der Jagd keine Mammuts aufzuschrecken.
In die Neuzeit übertragen wird hier kein Mammut mehr aufgeschreckt, sollten die Männer dann doch mal mehr als einen Ton abgeben, sondern eher die erstaunte Weiblichkeit.
Da wird dann die Jagd auf Beute ganz schnell zu einem erfolglosen Unterfangen, trifft der Herr doch in den meisten Fällen nicht den richtigen Ton.

Dagegen ist die Wortgewandtheit der jungen Kollegin, vor allem die überaus höfliche Ausdrucksform in einer Mitteilung an die Kolleginnen bezüglich des bevorstehenden gemeinsamen Theaterabends und das dafür gefälligst zügig abzuliefernde Eintrittsgeld beispielhaft.
Hier ein kleiner Auszug des Schreibens:

„Liebe Kolleginnen, nachdem ich die höchst anspruchsvolle Rechenaufgabe gelöst habe, den Eintrittspreis für unseren heiter-flockigen Abend im Burlesque-Theater in Erfahrung zu bringen, bin ich nun in der verantwortungsvollen und glücklichen Lage, meinem einnehmenden Wesen gerecht zu werden und die geringe Summe von 35,00 EURO, die dieser anspruchsvollen Darbietung allemal angemessen ist und allen als bedeutend und glanzvoll sicher unvergessen bleiben wird, zu kassieren. Ich hoffe, Ihr nehmt es mit Gelassenheit und mir nicht allzu übel, wenn ich diesen Betrag sofort einfordere, da die Karten bis zum Ende des Monats abzuholen sind. In Anbetracht der höchst illustren, anregenden und reizvollen Gesellschaft, in der ich mich befinden werde, verzichte ich großzügigst auf ein Wegegeld. In Vorfreude auf das Highlight des Jahres, auch zum Ausklang des selbigen, möchte ich Euch besonders den heutigen 15. November ans Herz legen, ist er doch ein besonderer Tag, wie jeder Tag, und vor allem der Tag, an dem einkassiert wird!!

Ich weise noch auf eine Wesentlichkeit hin! Die Kleiderordnung verlangt beim Besuch dieses Theaters nicht das kleine Schwarze, doch das kleine Korsettchen über nackter Haut und einem figurbetonten Beinkleid bzw. Röckchen wäre schon angebracht. Eine Distanzierung von der Maßregel ist nur zulässig, wenn gewichtige Argumente angeführt werden.

Liebe Kolleginnen, in Erwartung eines hoch vergnüglichen Abends verbleibt mit freundlichen Grüßen…. „

Die fortwährend die lasche Umgangssprache bei der Jugend kritisierenden Sprachwissenschaftler werden hier doch allemal Lügen gestraft. Die deutsche Sprache wird nicht untergehen, ebenso wenig die Menschen, die diese pflegen und hegen und im ganz banalen Alltag zur Anwendung bringen.

Tamponflöckchen und Wendekranz

Frauen haben ja bekanntermaßen eine Affinität zu allem, was glitzert und funkelt.
So wird die Weihnachtszeit in der kleinen Firma natürlich in jedem Jahr sehnsüchtig erwartet. Die Vorbereitungen dazu beginnen sehr früh. Wenn sich auch jedes Jahr aufs Neue darüber aufgeregt wird, dass in den Supermärkten Ende August schon die gefüllten Lebkuchenherzen im Regal liegen, wird doch in diversen Abteilungen nicht viel später mit den Basteleien und der Inspektion des Weihnachtskistensammelsuriums begonnen.
Es sammelt sich einiges an in den Jahren und so wird der Osterkranz aus Stroh auch schon mal zum Weihnachtsdeko-Objekt umfunktioniert. Glitzernde Bändchen und Sternchen, Engelshaar, Lametta sowie ein dicker nackter Engel mit Heiligenschein werten den nichtssagenden Kranz feierlich auf. Kolleginnen, deren Blick beim Betreten des Büros unweigerlich auf dieses Kitschobjekt fällt, sind zwar etwas verunsichert, wie sie darauf reagieren sollen und die Gesichtszüge wechseln dann auch schon mal von Erstaunen zu Unfassbarkeit, immer mit einem Seitenblick zu den womöglich hinterhältig feixenden Schöpfern des Objekts, um dann in ein höfliches Grinsen mit einseitig spöttisch hängendem Mundwinkel überzugehen. Er ist jedes Jahr das Highlight, psychologisch und dekotechnisch gesehen, dieser WendeKranz.

Doch auch die Fensterscheiben müssen weihnachtlich erscheinen. Die Zeiten sind zum Glück vorbei, in denen (unbenutzte) Tampons auseinander gezupft werden mussten, um die Schneeflocken möglichst naturgetreu wirken zu lassen. Heutzutage gibt es die Flocken aus der Dose mitsamt Schablone. Doch nicht annähernd haben diese die Wirkung der Tamponflocken aus der guten alten Zeit.

Zudem sitzen kleine pummelige Weihnachtsmänner auf den Regalen und bewachen die Ordner und auf den Schreibtischen stehen bunte Gläschen mit Teelichtern. Mittlerweile! Denn es gab Zeiten, da hatten die Kolleginnen wunderschöne, doch je näher der Heilige Abend rückte, auch knochentrockene Adventskränze mit echten Kerzen auf den Schreibtischen. Alle Jahre wieder sorgten sie für Aufregung, indem nach Entzünden der Kerzenstummel die Flamme auf das graue Nadelgrün übergriff und das Blumengießwasser zum Glück bereit stand, um zweckentfremdet als Löschwasser benutzt zu werden. Sämtliche Heizkörper waren dann belegt mit durchnässten Schriftstücken, die in wochenlanger Schreibarbeit erstellt worden sind.

Um nicht eines schönen Vorweihnachtstages einem Inferno anheim zu fallen und somit der möglichen Vernichtung der kleinen Firma, erging das Dekret, offene Feuerstellen seien im Hause unter Androhung von Entzug der Weihnachtsfeiertage strikt verboten. Seitdem werden unromantische Teelichter verwendet, die bei weitem nicht den adventlichen Glanz in den Augen verursachen wie die flackernden roten Stumpen auf den Adventskränzen.

Ein Ritual vor den Weihnachtsfeiertagen - das Beschenken oder vielmehr die Bescherung. Und so ist es mittlerweile fast schon Tradition geworden, dass der Nikolaustag ein Tag der Freude ist. Dann sieht man eifrig die Kolleginnen mit bunten Tütchen voller kleiner Weihnachtsmänner, Engelchen, Kügelchen aus Schokolade, Duschgels mit Tannenzweiglein, Pralinès, Instantkaffeetütchen mit Engelchendekor, selbstgemachtem Rumtopf in Minikaraffe, Lebkuchenmännlein mit Zuckerpfeife, Häkeldeckchen in Sternform, Handcreme mit Zimtduft, Wachsäpfelchen, selbstgebackenen ihrer ursprünglichen Form beraubten Kekse usw. über die Flure huschen. Eine schier endlose Liste kleiner Überraschungen wird abgearbeitet und zu den einzelnen Schreibtischen der Kolleginnen getragen. Türen werden einen Spalt weit geöffnet, um zu sehen, ob die

Kollegin schon anwesend ist, dann wird fix das Geschenklein auf dem Schreibtisch drapiert und auf leisen Sohlen das Büro wieder verlassen. Die eintreffende Kollegin wird dann ihren Schreibtisch nicht wieder erkennen. Geschenke bedecken jedes freie Fleckchen darauf.

Doch gibt es dann wiederum auch die übersichtliche Variante, wo ein kleines Weihnachtsmännchen sich bescheiden hinter dem Locher versteckt. Das muss nichts bedeuten; ist es doch ein Zeichen von absoluter Unbestechlichkeit bzw. einem wirtschaftlichen Denken, denn diese nur mit einer Kleinigkeit beschenkten Kolleginnen sieht man niemals mit einem Gabentütchen auf den Fluren umherschleichen, da wird höchstens das Gegenüber mit einem Zimtsternchen und einem netten Lächeln bedacht, was ja auch nicht zu unterschätzen ist.

Nach Begutachtung der Geschenke hat man sich artig zu bedanken. Es wird gerätselt und vermutet, wem wohl die kümmerlichen Kekse, das gestanzte Papierdeckchen aus Goldpapier oder die üppige Geschenkpackung aus der Parfümerie zuzuordnen sind. Den ganzen Tag hört man auf den Fluren und in den Büros: Danke, lieber Weihnachtsmann! - dazu ein verschwörerisches Zwinkern mit einem großen Fragezeichen. Denn ganz sicher ist man nie.

Nun denn, es ist immer eine große Freude und Freundlichkeit unter den Kolleginnen in dieser vorweihnachtlichen Zeit, nicht zuletzt in Anbetracht der bevorstehenden freien Tage und des Weihnachtsgeldes, wovon der sehnsüchtig erwartete Urlaub fürs nächste Jahr schon mal gebucht oder aber das überzogene Konto endlich ausgeglichen werden kann.

Eine Weihnachtsfeier wie in alten Zeiten findet leider nicht mehr statt. Es wird vermutet, dass in der nachfolgenden Mitteilung der

Geschäftsführung an die Mitarbeiter der Grund für die Streichung zu finden ist:

30. November
AN ALLE MITARBEITERINNEN UND MITARBEITER
Ich freue mich, Ihnen mitteilen zu können, dass unsere Firmen-Weihnachtsfeier am 20.12. im Argentina-Steakhouse stattfinden wird. Es wird eine nette Dekoration geben und eine kleine Musikband wird heimelige Weihnachtslieder spielen. Entspannen Sie sich und genießen Sie den Abend. Freuen Sie sich auf unseren Geschäftsführer, der als Weihnachtsmann verkleidet die Christbaumbeleuchtung einschalten wird! Sie können sich untereinander gern Geschenke machen, wobei kein Geschenk einen Wert von 20EUR übersteigen sollte.
Ich wünsche Ihnen und Ihren Familien eine besinnliche Adventszeit.
Marlene B. - Leiterin Personalabteilung

1. Dezember
AN ALLE MITARBEITERINNEN UND MITARBEITER
Auf gar keinen Fall sollte die gestrige Mitteilung unsere türkischen Kollegen isolieren. Es ist uns bewusst, dass ihre Feiertage mit den unsrigen nicht ganz konform gehen. Wir werden unser Zusammentreffen daher ab sofort „Jahresendfeier" nennen. Es wird weder einen Weihnachtsbaum oder Weihnachtslieder geben.
Ich wünsche Ihnen und Ihren Familien eine schöne Zeit.
Marlene B. - Leiterin Personalabteilung

2. Dezember
AN ALLE MITARBEITERINNEN UND MITARBEITER
Ich nehme Bezug auf einen diskreten Hinweis eines Mitglieds der Anonymen Alkoholiker, welcher einen „trockenen" Tisch einfordert. Ich freue mich, diesem Wunsch entsprechen zu können, weise jedoch darauf hin, dass dann die Anonymität nicht mehr gewährleistet sein

wird... *Ferner teile ich Ihnen mit, dass der Austausch von Geschenken durch die Intervention des Personalrates nicht gestattet sein wird. 20 EUR sei zu viel Geld.*
Marlene B. - Leiterin Personalabteilung

7. Dezember
AN ALLE MITARBEITERINNEN UND MITARBEITER
Es ist mir gelungen, für alle Mitglieder der „Weight-Watchers" einen Tisch weit entfernt vom Buffet und für alle Schwangeren einen Tisch ganz nah an den Toiletten reservieren zu können. Schwule dürfen miteinander sitzen. Lesben müssen nicht mit Schwulen sitzen, sondern haben einen Tisch für sich alleine. Na klar, die Schwulen erhalten ein Blumenarrangement für ihren Tisch.
Endlich zufrieden?
Marlene B. - Leiterin Personalabteilung

9. Dezember
AN ALLE MITARBEITERINNEN UND MITARBEITER
Selbstverständlich werden wir die Nichtraucher vor den Rauchern schützen und einen gesonderten Raum durch einen schweren Vorhang einrichten bzw. die Raucher vor dem Restaurant in einem Zelt platzieren.
Marlene B. - Anwärterin auf Einweisung in die Klapsmühle

10. Dezember
AN ALLE MITARBEITERINNEN UND MITARBEITER
Vegetarier! Auf Euch habe ich gewartet! Es ist mir scheißegal, obs Euch nun passt oder nicht: Wir gehen ins Steakhaus!!! Ihr könnt ja, wenn Ihr wollt, bis auf den Mond fliegen, um am 20.12. möglichst weit entfernt vom „Todesgrill" sitzen zu können. Labt Euch an der Salatbar und fresst rohe Tomaten! Übrigens, Tomaten haben auch Gefühle, sie schreien, wenn man sie anschneidet, ich habe sie schon schreien hören, ätsch ätschiätsch!

Ich wünsche Euch allen beschissene Weihnachten, besauft Euch und krepiert!!!!
Die Schlampe aus der 4. Etage

14. Dezember
AN ALLE MITARBEITERINNEN UND MITARBEITER
Ich kann sicher sagen, dass ich im Namen von uns allen spreche, was die baldigen Genesungswünsche für Frau B. angeht! Bitte unterstützen Sie mich und schicken Sie reichlich Karten mit Wünschen zur guten Besserung ins Krankenhaus. Die Geschäftsführung hat inzwischen die Absage unserer Feier am 20.12 beschlossen. Wir geben Ihnen an diesem Nachmittag bezahlte Freizeit.
Josef M. - Vertreter Personalabteilung
(Anm. der Autorin: Verfasser des Textes unbekannt)

Übrigens …

… Vorgesetzte sind Menschen wie du und ich, mit einem kleinen Unterschied: Angestellte sind die zufriedeneren Menschen, ganz ohne Frage.
Es lebe das Angestelltendasein!

Klatsch, Tratsch und Gerüchte

Unglaubliche Geschichten geistern in jeder Firma herum und es ist oftmals auch immer etwas Wahres dran.
So zum Beispiel im Fall einer Kollegin; sie würde einer süditalienischen Familie entstammen, so erzählte man. Das heiße Blut, das demzufolge unweigerlich in ihren Adern floss, gab Veranlassung dazu, dass bei den Temperamentsausbrüchen der Besagten, die zudem auch schwarzes Haar und olivfarbene Haut hatte, das ganze Repertoire an Klischeevorstellungen zutage trat. Die Sippe würde über alle bösen Weiber und auch Kerle herfallen, die sie nicht gebührend ehren und anständig behandeln, so das Gerücht. Alles zitterte vor der Gewaltherrschaft der mafiösen Sippe einer erbarmungslosen Kollegin. Sie wurde wie ein rohes Ei behandelt. Niemand wollte mit der Messer wetzenden Familie in Kontakt geraten. Selbst der Personalchef, der ganz offensichtlich erkannt hatte, wem er den Verweis nach dem Zickenkrieg zu erteilen hatte, zog sicherheitshalber den Schwanz ein. Man weiß ja nie, was an einem Gerücht dran ist.

Die Dame mit der eindrucksvollen Familie kündigte bald, weil sie im Betrieb des Vaters gebraucht wurde. Seit Generationen lebte und arbeitete die Familie auf dem eigenen bäuerlichen Betrieb in einem kleinen Dorf im Emsländischen. Die verruchte Dame war streng katholisch. Ihre Großmutter war Spanierin, daher die dunklen Haare und das südländische Temperament, das den Gerüchten Vorschub leistete.

So haben phantasievolle Kolleginnen in die langweilige Bürowelt ein spannendes Gerücht gesetzt und für eine fast filmreife Geschichte gesorgt. Es war immer eine Kollegin der Kollegin der Kollegin, die es so gehört hatte.

Weil es wohl so ein besonders exotisches Kribbeln verursacht, wurde die brutale Mafiasippe erfunden, die von der Emsländerin natürlich niemals erwähnt wurde - geschweige denn, dass diese über böse Weiber in einer kleinen Dienststelle im Niedersächsischen herfallen würden.

Getratscht wurde auch ausgiebig über die Kollegin mit den hochhackigen schwarzen Lederstiefeln, die in dieser Aufmachung Tag für Tag ins Büro kam. Dazu trug sie einen schwarzen engen Rock und ein knappes Lederjäckchen. Sie hatte sich die Haare rot gefärbt und wirkte sehr streng und auch elegant mit ihren roten Fingernägeln. Sie hatte einige Männerbekanntschaften, was angeblich die vielen Telefonate, wobei immer heftig geflirtet und gekichert wurde, bestätigten. So wurde sie in die Schublade „Nebenverdienst Domina" gesteckt. Angeblich hatte man eine Kontaktanzeige in einer entsprechenden Zeitung gesehen mit ihrer Telefonnummer, in der sie sich für harten Sex anbot. Alle betrachteten diese Dame mit vollkommen anderen Augen, das Bild mit der Peitsche und dem Fuß auf dem nackten Hintern des Kunden nistete sich in den Köpfen der anständigen Damen ein. Es entzieht sich den Kenntnissen der Autorin, was an diesen Gerüchten dran war. Es muss jedoch ein Gerücht gewesen sein, denn sonst hätte sie nicht in dieser kleinen Firma mit kärglichem Gehalt noch Jahre gesessen.

Das Gerücht ist ein allgemeines Phänomen in jeder Firma. Durch den nachfolgenden ernst gemeinten Gerüchtetest soll der Sache auf den Grund gegangen werden (wenn es Sie interessiert, wie stark Sie dazu neigen, Ihren Teil zu Gerüchten beizutragen). Der Test - wie folgt - ermöglicht es also, sich bezüglich des eigenen Beitrags zu Gerüchten selbst zu prüfen (nach O. Neuberger).

Lassen Sie sich die nachfolgende kurze Geschichte zweimal vorlesen. Anschließend werden Sie gebeten, einige Fragen zu beantworten. Mit einigen dieser Fragen sollen Sie irritiert werden. Antworten Sie auf dem Fragebogen bitte nur mit

„R" = diese Aussage ist richtig

„F"= diese Aussage ist falsch

„?" = Die Richtigkeit dieser Aussage ist aufgrund der vorliegenden Informationen nicht feststellbar.

Die Geschichte:

Ein Vorgesetzter hat einen Mitarbeiter nicht zur Gehaltserhöhung vorgeschlagen. Der Mitarbeiter reicht seine Kündigung ein. Das wurde von den Kollegen bedauert, denn er war allgemein sehr beliebt. Es wurde darüber diskutiert, ob man etwas unternehmen sollte.

Fragebogen zur Geschichte:

1. Der Vorgesetzte hatte dem Mitarbeiter eine Gehaltserhöhung verweigert?
2. Der Mitarbeiter hatte keine Gehaltserhöhung bekommen?
3. Der Mitarbeiter war darüber verärgert und kündigte?
4. Der Kündigungsgrund war die nicht gewährte Gehaltserhöhung?
5. Der Vorgesetzte hatte zwar die Gehaltserhöhung vorgeschlagen, sie war aber abgelehnt worden?
6. Der Weggang des Mitarbeiters wurde von den Kollegen bedauert?
7. Die Kollegen diskutierten, ob man gegen das Vorgehen des Vorgesetzten etwas unternehmen solle?
8. Die Kollegen unterhielten sich mit dem Mitarbeiter?
9. Der Vorgesetzte war an der Diskussion der Kollegen nicht beteiligt?

10. *Es handelte sich um einen erfahrenen und beliebten Mitarbeiter?*
11. *Der Vorgesetzte kündigte dem Mitarbeiter?*
12. *Die Kollegen bedauerten, dass der Kollege keine Gehaltserhöhung bekommen hatte?*
13. *Der Mitarbeiter war allgemein beliebt, es wurde diskutiert, ob man etwas unternehmen solle?*

Wie viele Fragen wurden richtig beantwortet aufgrund der wahren Geschichte ? - sicher erschreckend wenige.

Übrigens …

… das Gerücht ist das einzige klassische Nachrichtenübermittlungsverfahren, das nicht Gefahr läuft, von der Elektronik verdrängt zu werden.

Eine Liebesgeschichte in Zeiten klirrender Kälte

Es begab sich zu einer Jahreszeit, in der sich die meisten Menschen in ihren warmen Häusern verkrochen, wenn sie nicht zu den bedauernswerten Geschöpfen gehörten, die zu früher Stunde in den dunklen Wintermorgen hinaus müssen, um ihrem Job nachzugehen. Man schrieb den 12. Dezember. Die klirrende Kälte hatte die Menschen eingemummelt in dicken Mänteln und Schals den Weg zur Arbeit antreten lassen. So kamen sie nach und nach mit roten Nasen und kalten Füßen in die Büros getrampelt und machten sich diesmal nicht wie immer an ihre Arbeit.
Denn an diesem Tag war alles ganz anders.
Hier die ganze Geschichte:
Es begab sich zu frühmorgendlicher Stunde. An diesem Tag wurde sich nicht nach dem Genuss einer warmen Tasse Kaffee an die Arbeit gemacht; an diesem Tag war alles ganz anders. Die Angestellten erschienen nach und nach aufs Höchste erregt und außer sich vor Entzücken. Beseelt erzählten sie, was sie auf dem Weg zur Firma Unglaubliches gesehen hatten. Es sprudelte nur so aus ihnen heraus und sie bekamen dabei diesen verklärten Blick, ähnlich dem einer Kuh, die auf dem Melkkarussell zu lange gedreht wurde.
Sie erzählten, dass vom Bahnhof bis zur Firma alle Laternenmasten, Pfähle und Säulen mit Plakaten behängt seien, worauf die eine Frage, die Frage aller Fragen, gestellt wurde:
SABRINA, WILLST DU MICH HEIRATEN!
Es war DAS Gesprächsthema in allen Büros, in der ganzen Stadt. Wie ein Monolith stand dieser Satz im Raum. Natürlich waren alle Damen schier verzaubert. Den Herren fehlten die Worte, wie meistens bei Herzensangelegenheiten. Man stellte Mutmaßungen an, wie ER, der Antragsteller, wohl auf diese wunderbare Idee gekommen war, und dass dieser Mann doch zu den letzten Romantikern gehören muss, die Auserwählte sich doch weiß Gott! zu den glücklichsten Frauen der Welt zählen konnte. Mit einem

seligen Lächeln und einem sehr vagen Verdacht gingen alle an die Arbeit.

EINE Kollegin hatte die ganze Plakataktion jedoch nicht bemerkt. Sie war eingepackt in Schal und Mütze durch die dämmrigen Straßen geschlichen, beharrlich den Blick gesenkt. Als sie als Letzte im Büro erschien, schauten die Kolleginnen sie erstaunt und fragend an. Und? -

Was und!? -

Haste nicht gesehen? -

Was denn? -

Lauthals wurde über das blinde Huhn gelacht und der fröstelnden Rotnasigen stieg zudem noch die Zornesröte ins Gesicht. WAS-IST-DENN-LOS? schrie sie durchs Zimmer. Endlich rückten die Kolleginnen mit der Sprache heraus und erzählten von den Plakaten, die überall in den Straßen hingen. Und während die darauf zu lesenden Worte: SABRINA, WILLST DU MICH HEIRATEN? wie im Chor langsam über die Lippen der Berichterstatterinnen kamen, guckte die immer noch in ihrem Schal eingewickelte ungläubig mit weit aufgerissenen Mund und ebensolchen Augen, gefühlte 10 Sekunden in Erstarrung verharrend, um dann wortlos aus dem Zimmer zu hasten, aus dem Haus, mit wehendem Schal auf die Straße, starr den Blick nach rechts und links auf die Plakate gerichtet. Nach endlos langer Zeit, vollkommen durchgefroren, kam sie ins Büro zurück, mit Tränen in den Augen die Worte stammelnd: „Das glaub' ich nicht! Dieser verrückte Kerl! Das gibts nicht! Und ich habe nichts gesehen, auf dem ganzen Weg hierher habe ich nicht einmal den Kopf gehoben. Ich dämliche Kuh!" Sie stand da, kopfschüttelnd und mit wedelnden Armen, total durch den Wind. Alle schauten tief gerührt, überwältigt von diesem einzigartigen Erlebnis und nahmen sie der Reihe nach in die Arme. Sie weinte hemmungslos vor Glück und eigentlich waren alle am heulen, weils aber auch sowas von schön war, das alles.

Tage später wurde sogar in der Tageszeitung darüber berichtet und gerätselt, wer wohl der romantische junge Mann gewesen sei, der diese Plakataktion gestartet hat. Beim Lesen des Artikels verlor die von ihm Angebetete noch einmal die Fassung. Letztendlich hat sie auf seine Frage mit einem JA geantwortet. Seit diesem Ereignis sind einige Jahre vergangen. Sie hat inzwischen vier Kinder mit diesem Mann, womit der Beweis erbracht wäre, dass die Romantiker unter den Männern ihre Langzeitwirkung nicht verfehlen.

Ob das Fortpflanzungsreservoir bei Romantikern größer ist, entzieht sich der Kenntnis der Autorin.

Hippie-hipp-hurra

Make love not war - der Slogan der Hippiebewegung aus den 60er Jahren ist allseits bekannt.
Das Arbeitskollektiv „müller wandert & vereint" aus der Schweiz hat es sich zur Aufgabe gemacht, *„eine lustvolle form der volkskultur zu entwickeln, die das altbewährte, mitunter etwas vergilbte kultur- und traditionsgut vor dem hintergrund des hiesigen urbanen denkens in ein ganz neues licht rückt"* so die Selbstauskunft, die immer klein geschrieben werden soll. Die Gruppe veranstaltet zu der etwas abseitigen Aktion Happenings, Partys und Kunstauktionen, *„die dazu einladen, das bunte heimatliche gefilde neu zu entdecken".*

Um für die Entschleunigung im Büroalltag zu werben, verschickt die Gruppe regelmäßig Handlungsanweisungen, die sich lesen wie Tipps für Büro-Hippies:

Einfach etwas anders machen.
Die folgenden Aktionen machen die Welt vielleicht nicht besser, aber bunter und abwechslungsreicher.

1. *krieche unter deinen arbeitstisch und fühle dich als höhlenbewohner, bemale deinen körper mit jagdszenen deiner sippe*

2. *warte einen moment ab, in dem du unbeobachtet bist, fasse einen bleistift, schreibe „boden" an die decke*

3. *male ein großes herzelein in rot auf einen zettel. forme einen knäuel. werfe diesen aus dem fenster mit den worten: „romeo!" geh nach draußen, hebe den knäuel auf und rufe: „julia!"*

4. *krümme dich urplötzlich laut lachend. sag deinen verdutzten mitarbeitern, dass du leider die situation nicht wiedergeben kannst, sie sei dir zu peinlich. laufe rot an und senke deinen blick.*

5. *verlasse dein bürogebäude, gehe zum nachbargebäude und klingle. warte, bis jemand kommt. winke und sause davon.*

6. *schließe die tür deines büros, drehe dich so lange im kreis, bis dir schwindlig ist. Rufe die personalabteilung an, melde dich krank und geh nach hause.*

7. *ziehe das netzwerkkabel des stockwerkdruckers raus und frage deine mitarbeiter, wieso der drucker schon wieder nicht funktioniert.*

8. *lege ein gummiband auf den schreibtisch, und stelle dir vor, es sei eine arena im alten rom. Zerstückle einen radiergummi und veranstalte ein wagenrennen.*

Soviel zur Entdeckung der aktiven Langsamkeit im Büroalltag.

Übrigens ...

... Interessierte ohne Büro oder Büroarbeiter, denen die Anweisungen zu lasch oder dümmlich sind, umarmen einfach sämtliche Bäume in der Umgebung unter Beachtung des darunterliegenden Hundekots, der wiederum dazu beitragen könnte, eine schöne Geschichte nach der Mittagspause zu erzählen, wie zum Beispiel, dass das Glück an der Schuhsohle kleben kann. Diese klebrige Verbindung wiederum knüpft wieder an das Motto der Hippiebewegung an: So happy together!

Krankheit ist keine Entschuldigung

An alle Mitarbeiter

Krankheitsfall
Krankheit ist keine Entschuldigung. Auch ein Attest Ihres Arztes ist für uns kein Beweis. Denn wir sind der Meinung, wenn Sie in der Lage sind, Ihren Arzt aufzusuchen, hätten Sie bestimmt auch zur Arbeit kommen können. Denken Sie bitte beim nächsten Mal daran und machen Sie Ihre Hausaufgaben!

Bewilligung von Operationen
Diese Unsitte wird nicht länger geduldet. Wir möchten Sie dringend bitte, sich jeden Gedanken an eine Operation (kann sie auch noch so dringend sein) aus dem Kopf zu schlagen.
Wir sind der Meinung, solange Sie für uns arbeiten, benötigen Sie alles, was Sie besitzen und dürfen nichts davon entfernen lassen. Wir haben Sie so eingestellt wie Sie sind, Abtrennen und Herausnehmen eines Ihrer Teile verstieße gegen den zwischen Ihnen und uns geschlossenen Arbeitsvertrag.

Todesfall in der Familie
Auch ein Todesfall in Ihrer Familie ist für uns noch lange keine Entschuldigung. Für den Verblichenen können Sie ja doch nichts mehr tun und jemand anderes (Nachbar, Beerdigungsinstitut, usw.) kann genauso gut die nötigen Maßnahmen treffen. Die Beerdigungszeiten sind so zu wählen, dass sie Ihre Arbeit nicht beeinträchtigen. Anhand des jeweils gültigen Schichtplanes legen sie die Beerdigung bitte auf einen Ihrer zahlreichen freien Tage.
Eigener Todesfall
In Ihrem eigenen Todesfall dürfen sie mit unserem Verständnis rechnen, wenn Sie

a) zwei Wochen vorher Bescheid geben, damit wir eine neue Kraft für Ihre Arbeit anlernen können

b) wenn ein solcher Bescheid zwei Wochen vorher nicht möglich ist, rufen Sie bitte vor 8 Uhr morgens an, damit wir ein bis zwei Ihrer Kollegen für Ihre Beerdigung freistellen können.

c) Dieses ist jedoch nur mit Ihrer und des Arztes Unterschrift möglich.
Liegen diese Unterschriften nicht vor, so werden Ihnen die entstandenen Fehlzeiten vom Jahresurlaub abgezogen.
(Anm. der Autorin: Verfasser des Textes unbekannt)

Eine tierische Geschichte

Allerhöchste Priorität hat die Mittagspause. Pünktlich um 12.15 Uhr bewegt sich täglich eine kleine Gruppe von quirligen Kolleginnen in Richtung Bistro. Dort sitzen sie friedlich im Sonnenschein bei einem Cappuccino oder auch mal bei einem Glas Rotwein für die kleinen italienischen Momente im deutschen Angestelltenleben.
Wie schon im Gruppenverhalten unserer Mitgeschöpfe aus der Tierwelt zu beobachten, gibt es in einer Herde gewöhnlich die ewig blökende Schafherde, die schnatternden Gänse, die falschen Schlangen und die stillen scheuen Rehe. Die Spezies der scheuen Rehe und der falschen Schlangen hat auch immer etwas Provokantes. Es verbindet diese Gruppen eine herzliche gegenseitige Abneigung, die jedoch aufgrund guter Erziehung überwunden werden kann. Sollten die scheuen Rehe sich zu einer Äußerung hinreißen lassen, sind es lapidare Sätze wie etwa: Warm heute, kalt heute, nass heute, Dienstag heute, der Kuchen sieht gut aus! Ich nehme ein Glas Wasser! - Niemals wird man etwas Überraschendes hören. Die mögliche Abgabe eines Statements wird massiv befürchtet bei einem an sie gerichteten Satz wie: Wie gehts denn so? Sie sind absolut passiv. Sie sind abwartend, still und eben meistens - scheu.
Die falschen Schlangen sind auch nicht unbedingt immer die Schwätzer, sie warten auf die richtige Gelegenheit, um dann ihren verbalen Giftzahn zu zeigen.

12.20 Uhr. Die Gruppe ist komplett. Ein schöner Sommertag. Grund genug, ein Glas Wein im Bistro zu trinken. Die Erfahrung hat gelehrt, alkoholische Getränke nicht im Beisein der lauschenden Schweiger zu sich zu nehmen - ihnen wird misstraut. Doch heute ist ein Tag wie geschaffen für ein Gläschen Rotwein und die Bedenken sind aus der Welt. -

„Am hellichten Tag Alkohol? ... also mit mir wäre den ganzen Tag nichts mehr anzufangen...!" - Ungewöhnlich, wie sich sprudelnd die spitzen Worte ergießen. Die Genießer gucken ziemlich verdutzt und wissen nicht so recht, ob sie sich veralbert fühlen sollen. Was ist schon ein Glas Wein für ein gestandenes Weibsbild? Ist womöglich zu befürchten, dass die keuschen Wassertrinker in der Firma berichten, wie sich Kolleginnen in der Mittagspause die Kante geben?

Die Gruppe zieht sicherheitshalber aus dieser Dumm-gelaufen-Aktion ihre Konsequenzen für die nächsten Mittagspausen. Die lebensfrohe Schafherde geht nun gemeinsam mit der Gänseschar eine Viertelstunde eher in die Mittagspause. Entspannt sitzen sie im Bistro vor einem frischen kühlen Weizenbier. Plötzlich wird das zufriedene Gemurmel am Tisch durchdrungen von einem lauten: Maahlzeit! - und da schlängeln und schleichen die Schlangen und Rehe dicht am Tisch vorbei, die Blicke fest auf die Gläser gerichtet. Die Bierkonsumenten trinken unverdrossen genüsslich ihre Gläser leer, nicht ohne sich nochmal zuzuprosten.

Wieder am Platz, erscheint kurz darauf die Chefin im Zimmer und gibt ein kleines Statement ab über die verhängnisvolle Wirkung von Alkohol, vor allem am Arbeitsplatz - das geht gaaar nicht! -
Okay, alles klar!
Da wollten die Kriecher und Kleinmütigen mal ganz groß rauskommen und haben versucht, Punkte an allerhöchster Stelle zu sammeln - ein gattungsgeschichtlicher Rückfall in das Zeitalter der Wirbellosen.
Nach dem hohen Besuch marschieren die Gänschen mit dem Leithammel unverzüglich ins Revier der Waldtiere und der Reptilien, um diese freundlich zu fragen, ob denn am nächsten Tag die alte Gruppe nicht wieder zur gewohnten Zeit um 12.15 Uhr die

Mittagspause gemeinsam im Bistro verbringen sollte - bei einem frischen kühlen Weizenbier, natürlich ALKOHOLFREI, wie immer. Hier endet die Geschichte. Nur noch eins - die Chefin hat herzhaft gelacht nach Aufklärung des Vorkommnisses und irgendjemand muss an die Tür der Petzen den Leitartikel aus dem Sportteil der Tageszeitung an die Tür geklebt haben: Durch Eigentor 1:0 für die Herausforderer.

Kompetenzüberschreitung

„Wer nicht einmal pro Woche seine Kompetenzen überschreitet, der ist nicht in der Lage Verantwortung zu übernehmen." Th. Stahl

Hier in dieser kleinen Firma sind Kompetenzen in den unteren Gehaltsgruppen zu vernachlässigen. Es besteht auch kein Interesse daran. Die Arbeit wird getan, die getan werden muss und wenn ein Problem auftaucht, das als Problem offiziell anerkannt ist, ist eine Klärung durch eine Person in die Wege zu leiten, die offiziell kompetent sein darf. Unerwünscht Einsatz zu zeigen, z. B. selbständig ein Schreiben zu gestalten mit Smileys und auch mal einem kumpeligen Gruß, wie „na, dann mal tschüss bis zum nächsten Abrechnungsfehler", das wäre eine grobe Kompetenzüberschreitung. Inzwischen jedoch wird mit viel Wohlwollen den vermeintlichen Dummies zugetraut, die Grundregeln der Höflichkeit einigermaßen zu beherrschen. Es dürfen in Ausnahmefällen Telefonate mit Kunden geführt werden. Wobei der einen oder anderen Auserwählten doch manchmal noch ein lockeres „Sauber bleiben!" oder „Hammermäßiges Wochenende wünsche ich!" herausrutscht. Das flapsige „Tach auch!" oder „Alles fit im Schritt?" wird auch als nicht unbedingt stilvolle Variante einer Begrüßung erkannt und inzwischen vermieden.
Es wird dazu gelernt, denn aus den Beschwerden wird man klüger und zudem ein leidlich kompetenter Büroangestellter.

Selbständiges Arbeiten wird gewünscht, doch nicht unbedingt in der Holzklasse, denn all die kleinen Büroangestellten müssten für eigene geistige Initiative auch entsprechend mehr Geld bekommen. Und wie endet das wohl?
Diese unnötigen Kosten können einer kleinen Firma wie dieser das Genick brechen! Jawoll!

Und so dümpeln sie denn dahin mit sich ständig wiederholenden Vorgängen, gerade noch fähig, aus den Arbeitsunterlagen Texte abzuschreiben, ihre Vorgaben auf- und abarbeitend, bis sie in den wohlverdienten Ruhestand gehen, wo sie ihre Zeit bei Seniorenvorlesungen wie z. B. im Fachbereich Medizin zum Thema „Nephrologisch-urologisches Kolloquium mit Schwerpunkt interdisziplinäre Leitsymptome" mit anschließenden Diskussionsrunden verbringen und ihre karge Rente mit ebenso schlicht Begabten bei einer dünnen Rinderkraftbrühe in der Mensa durchbringen.

Übrigens …

… von Wilhelm IV. stammt der zum Nachdenken anregende Ausspruch:
„Jeder lerne nur gründlich und ganz, was er für seinen Beruf wissen muss. Das Mehr ist für seinen Lebenszweck nicht förderlich, sondern störend und hinderlich. Das Wissen über die Grenzen des Standes und Berufes hinaus macht vorlaut, anmaßend und raisoniersüchtig."

Tätä, tätä, tätä!

Glückliche Kühe

Laut einer Zeitungsmeldung geben Kühe mit persönlichem Namen einer Studie zufolge mehr Milch als ihre namenlosen Artgenossen. Forscher der britischen Newcastle Universität fanden heraus, dass Kühe, die insgesamt mehr Zuneigung erfahren, auch glücklicher sind und damit größere Milchmengen produzieren. Eine Kuh, die nur als eine unter vielen behandelt wird, gibt demnach pro Jahr bis zu 258 Liter weniger Milch. Eine Kuh produziert im Durchschnitt ein paar tausend Liter im Jahr.

Hierzu einige Vorschläge, welche Bedingungen erfüllt sein sollten, damit Menschen glücklich und zufrieden ihrer Betätigung oder symbolisch der Produktion größerer Milchmengen nachgehen.
Ein wichtiger Faktor für das Arbeitsglück ist lt. einer Studie die Bindung an die Firma. Wenn jemand sagt: „Ich arbeite beim Huber!" dann muss Stolz mitschwingen. Die Augen müssen leuchten und das Herz muss aufgehen, wenn der Montagmorgen nach einem endlos langen Wochenende endlich wieder in Sicht ist.
Ein weiterer wichtiger Faktor ist der Handlungsspielraum. Je stärker das Gefühl ist, selbst etwas zu gestalten, desto zufriedener ist der Arbeitnehmer. Ein Befehlsempfänger als Rädchen in einem großen Getriebe neigt eher zu psychischen Krankheiten, die wiederum organische Krankheiten nach sich ziehen, also bei dem sich die Fehlzeiten mehren.
Weiterhin ist es wichtig, neben dem Job auch ein Privatleben zu haben. Es ist ungesund, nur für die Arbeit zu leben, das ist Arbeitssucht. Ob man Bälle kickt, im Chor singt, Telefonseelsorge leistet oder Orchideen züchtet, es darf nur nichts mit dem Beruf zu tun haben.
„Work-Life-Balance" heißt das Zauberwort.
Im Arbeitnehmer-Schlaraffenland darf gedöst werden. Der Mittagsschlaf heißt jetzt „power-nap". Ein regelmäßiger

Mittagsschlaf erhöht die Lebenserwartung, was natürlich in Zeiten der leeren Rentenkassen nicht unbedingt begrüßt wird.
Der Mittagsschlag sollte auf keinen Fall länger als 10 bis 15 Minuten dauern. Begrüßenswert wäre es, wenn die Firmen Ruheräume für ein Nickerchen anbieten. Denn auch ein solches Angebot trägt dazu bei, die Arbeitszufriedenheit zu erhöhen.
Eine hohe Motivation der Mitarbeiter und damit eine bessere Gesundheit wirken sich direkt auf Produktivität (Milchleistung) und Arbeitsqualität (Milchbeschaffenheit in Anbetracht der weiteren Verarbeitung zu Quark und Käse) aus. In Zeiten eines wachsenden Fachkräftemangels werden es sich deshalb künftig immer weniger Unternehmen leisten können, ihre Mitarbeiter schlecht zu behandeln.

Übrigens...

... in Anbetracht dieser Erkenntnisse sollten Angestellte die Forderung nach freiem Auslauf auf saftigen Weiden im Sommer und nach einem Melkkarussell im Winter unbedingt durchsetzen. Wenn es sein muss, unter Androhung der Einstellung der Milchproduktion.

Ess-ich oder Ess-ich nicht

Hierzu zunächst wichtige Kalorienregeln:

1. *Wenn du etwas isst und es keiner sieht, dann hat es keine Kalorien.*
2. *Wenn du eine light-Limonade trinkst und dazu eine Tafel Schokolade isst, dann werden Kalorien in der Schokolade von der light-Limonade vernichtet.*
3. *Wenn du mit anderen zusammen isst, zählen nur die Kalorien, die du mehr isst als die anderen.*
4. *Je mehr du diejenigen mästest, die täglich um dich herum sind, desto schlanker wirkst du selbst.*
5. *Essen, welches als ein Teil von Unterhaltung verzehrt wird (Popcorn, Erdnüsse, Limonade, Schokolade oder Kartoffelchips) z. B. Beim Fernsehen oder Musik hören, enthält keine Kalorien, da es ja nicht als Nahrung aufgenommen wird.*
6. *Kuchenstücke oder Gebäck enthalten keine Kalorien, wenn sie aufgebrochen und Stück für Stück verzehrt werden, weil das Fett verdampft, wenn der Keks aufgebrochen wird.*
7. *Alles, was von Messern, aus Töpfen oder von Löffeln geleckt wird, während man Essen zubereitet, enthält keine Kalorien, da es zum Kochvorgang gehört und somit keine eigentliche Nahrungsaufnahme ist.*
8. *Essen mit der gleichen Farbe hat auch den gleichen Kaloriengehalt (z. B. Tomaten und Erdbeermarmelade, Pilze und weiße Schokolade, Karottensalat und Paprikachips).*
9. *Speisen, die eingefroren sind, enthalten keine Kalorien, da Kalorien eine Wärmeeinheit sind.* (Text: Niels Schulz-Ruhtenberg)

Natürlich ist unschwer zu erkennen, dass einige dieser Regeln Unsinn sind. Wirkliche Resultate werden hier in der kleinen Firma erzielt. - Durch Anwendung erbarmungsloser Maßnahmen purzeln die Pfunde nur so.

Zunächst soll hier vom Fasten berichtet werden.
Ein Zeitungsbericht war der Anlass, dass sich zwei Damen entschlossen hatten, 7 Tage zu fasten. Nicht nur an Gewicht wollten sie verlieren, auch die im Körper herum wabernden Gifte, Schlacken, Abfallstoffe und Rückstände in gruseligen Darmhöhlen, geheimen Magenfalten usw. sollten sich davon machen. Nur Wasser und Gemüsebrühe durfte zu sich genommen werden. Morgens Wasser, mittags Brühe, abends wahlweise Brühe oder Wasser. Vielleicht ein kleines Glas Fruchtsaft zwischendurch.
Hochmotiviert begann der 1. Fastentag. Es wurden Witze gemacht über die Qual, nichts zwischen die Zähne schieben zu dürfen. Die Zähne kauten dennoch verzweifelt auf der Gemüsebrühe, in der Hoffnung, das eine oder andere Krümelchen Suppengemüse ausfindig machen zu können.
Der 2. Fastentag begann mit knurrendem Magen und einem schier überwältigenden Drang nach einem Wurstbrötchen. Tapfer wurde stattdessen der Rote Beetesaft hinunter gekippt.
Der 3. Fastentag war hart. Es wurde wenig gesprochen. Es wurde wenig gelacht. Selbstmitleid war das beherrschende Gefühl und natürlich Hunger!!
Der 4. Fastentag war mit leichten Kreislaufstörungen verbunden, es wurde jedoch heldenhaft weiter gearbeitet. Sich vom Bürostuhl zu erheben war nicht zu bewerkstelligen, ohne dass Halt an der Lehne gesucht werden musste, um nicht ins Taumeln zu geraten.
Der 5. Fastentag war mit einer Glaubenskrise verbunden. War es wirklich nötig, dass eine Reinigung des Körpers vorgenommen werden musste, vor allem dafür ein solches Opfer zu bringen? Bisher

kam der doch gut klar mit dem Müll. Immer kurz vor einem Schwächeanfall zu stehen, war nicht wirklich witzig. Sollte diese ganze Fasterei nicht doch totaler Blödsinn sein?

Die Kollegin fragte die Mitfastende, ob denn nun dem Hungerleiden ein Ende gemacht werden solle. Nein! Und nochmals : Nein! - wir halten durch! So lautete die Parole.

Und so begann das Wochenende.

Jede der tapferen Damen war nun allein mit sich und der Familie, die sich im Angesicht der Geknechteten das üppige Wochenendfrühstück einverleibte, das Mittagessen vorbereitete mit all den köstlichen Düften und am Nachmittag Kaffee und Kuchen im Lieblingscafe genoss. So kam es wie es kommen musste. Das Frühstück bestand noch aus einem Glas Selleriesaft, das Mittagessen aus einer Tasse Brühe mit einer Zahnfüllung Möhre darin und am Nachmittag wurde das Café angesteuert - es war nicht mehr zu verhindern, nicht mehr zu ertragen, der qualvolle Verzicht glich einer Folter schlimmsten Ausmaßes. Es war soweit! Der Fastenbruch wurde begangen in Form einer wunderbar sahnigen Schwarzwälder Kirschtorte, dazu ein Cappuccino. - Notwendigerweise ist die Fastenzeit mit einem winzig kleinen Stückchen Apfel zu beenden, damit der Magen nicht allzu schockiert auf die bevorstehende Arbeit reagiert. Das Vorhersehbare trat ein bzw. aus, man konnte den Fastenbruch beim Wort nehmen. Die Schwarzwälder Kirschtorte brach heraus.

Am Montag zurück in der Firma öffnete sich die Tür einen Spalt, die Kollegin steckte den Kopf hindurch und suchte mit ihrem Blick die Fastenverwandte. Die hing hinter ihrem PC wie eine bereits Verblichene. Aus einem grünlichweißen Gesicht guckten große Augen. Sie sagte nur: Und? - Und du! - Nee, hab nicht durchgehalten! - Ich auch nicht! - Mein Mann hat den Notarzt gerufen, mein Kreislauf! - Ich hab mir die Seele aus dem Leib gekotzt! - Naja, wir haben es immerhin 5 Tage durchgehalten! - Habe 3 Kilo abgenommen und du? - Wieso abgenommen? Ich wollte meinem Körper entschlacken, den ganzen Ballast raus schwemmen, das wollte ich! - Ach komm, ist doch auch in Ordnung, dass ein paar Pfunde runter sind. Aber nächstes Mal mach' ich wieder die Eierdiät. - Und auf sicher! Ich trinke im Leben nie wieder Gemüsebrühe.

Das Fazit: Ein Wochenende mit dem Notarzt auf der Bettkante und zwei Kolleginnen, die dennoch sehr stolz auf sich waren.

Um die Röllchen loszuwerden, ist der Verzicht auf das Schokoriegelchen als 2. Frühstück und/oder den nachmittäglichen Kuchen die harmlose Variante und für Anfänger bzw. Diäteinsteiger zunächst zu empfehlen. Da wird das eine oder andere Pfündchen Fett schon schmelzen.

Die Professionellen versuchen es mit Trennkost! - ein Trend, der Gesundheit und Glück mit ewig schlanker Taille verspricht. Heerscharen von Kantinenbetreibern werden in die Verzweiflung getrieben, wenn die Sekte der Diätgläubigen vor der Essenausgabe steht: für die Trennkostler nur Gemüse und Fleisch ohne Kartoffeln, oder nur Kartoffeln (Kartoffeldiät), wieder andere nur Fleisch (Meyers Eiweißdiät), dann nur Soße (gezähmtes Fasten).

Wirklich bitter für die Leute in der Essenausgabe ist die Tatsache, dass es auch noch die Möhren-, Broccoli-, Erbsen-, Bohnen-, Petersilien- oder Kohlrabidiäten gibt und diese auch tapfer zur Anwendung kommen. Geduldig picken sie aus den Warmhalte-schüsseln mit angestrengten Gesichtszügen die einzelnen Gemüsesorten heraus, um den konsequenten Damen zu Diensten zu sein.

Besonders strapaziös, vor allem für die Riechzellen, sind jedoch die Damen, die sich ihre selbstgekochte Suppe mitbringen (Kohlsuppendiät). Die schleichen über die Flure mit zusammengekniffenen Lippen und ebensolchen Hinterbacken. An ihnen huscht jeder rasch vorbei - verständlicherweise.

Die Essig-Diät muss hier auf jeden Fall noch erwähnt werden, deren Motto ist: Ess ich oder Ess ich nicht!

Und hier noch ein ultimativer Tipp ...

60 Sekunden - Fitness
Straffe Beine
Halten Sie sich mit der linken Hand an einer Stuhllehne fest. Winkeln Sie das linke Bein an, bis das Schienbein parallel zum Boden zeigt. Jetzt gehen Sie langsam mit dem rechten Bein etwa 15 Zentimeter in die Hocke, bis Sie die Spannung im Oberschenkel spüren. Langsam wieder aufrichten. 12- bis 15-mal wiederholen, dann Seite wechseln.

Six-Pack
Im Sitzen die Hände hinter dem Kopf verschränken. Einen Fuß flach auf den Boden stellen und das andere Knie nach oben ziehen. Nun Bauchmuskeln anspannen, dabei gleichzeitig nach vorn zum Knie beugen. Diese Position acht bis zehn Sekunden halten. Anschließend den Oberkörper und das Knie langsam in die Ausgangsposition zurückführen. Seitenwechsel. Übung mehrmals hintereinander mit jedem Knie wiederholen.

Danach eine liebe Kollegin bitten, die Entknotung vorzunehmen.

Betriebsfeste und deren Folgen

Zunächst das Rundschreiben der Geschäftsleitung hinsichtlich des bevorstehenden Betriebsfestes:

Liebe Mitarbeiter,
wie schon in den Vorjahren wollen wir uns auch in diesem Jahr für das anstrengende Geschäftsjahr mit einer gemeinsamen Betriebsfeier in der Kantine bei Ihnen bedanken.

Da es im letzten Jahr einige etwas unerfreuliche Zwischenfälle gab, möchte die Geschäftsleitung im Vorfeld auf gewisse Spielregeln hinweisen, um die besinnliche Feier auch im rechten Rahmen ablaufen zu lassen.

Wenn möglich, sollten die Mitarbeiter den besagten Raum noch aus eigener Kraft erreichen und nicht im alkoholisierten Zustand von Kollegen hereingetragen werden. Eine Vorfeier ab den frühen Morgenstunden sollte möglichst vermieden werden.

Es wird nicht gern gesehen, wenn sich Mitarbeiter mit ihrem Stuhl direkt an das kalte Buffet setzen. Jeder sollte mit seinem gefüllten Teller einen Platz an den Tischen aufsuchen. Auch die Begründung „sonst frisst mir der Meier wieder die ganzen Entenbrüstchen weg" kann nicht akzeptiert werden.

Schnaps, Wein und Sekt sollten auch zu vorgerückter Stunde nicht direkt aus der Flasche getrunken werden; besonders, wenn man noch Reste der genossenen Mahlzeit im Mund hat.

Sollte jemand nach Genuss der angebotenen Speisen und Getränke von einer gewissen Unpässlichkeit befallen werden, so wird darum gebeten. die dafür vorgesehenen Örtlichkeiten aufzusuchen.

Der Chef war im letzten Jahr über den unerwarteten Inhalt seines Aktenkoffers nicht sehr begeistert.

Wenn Stimmungslieder gesungen werden, sollten die Originaltexte gewählt werden. Einige unserer Auszubildenden sind noch minderjährig und könnten durch einige Textpassagen irritiert werden.

In diesem Zusammenhang möchten wir nochmals daran erinnern, dass einige der männlichen Kollegen sich noch nicht zur Blutuntersuchung zwecks Feststellung der Vaterschaft gemeldet haben.
Unsere im Mutterschaftsurlaub befindliche Mitarbeiterin Frau Köhler meint, es bestünde ein ursächlicher Zusammenhang zwischen der letztjährlichen Betriebsfeier und der Geburt ihrer Tochter Wiebke.

Wenn wir uns alle gemeinsam an diese wenigen Verhaltensregeln halten, sollte unsere Betriebsfeier wieder ein großer Erfolg werden. MfG Die Geschäftsleitung
(Anm. der Autorin: Verfasser des Textes unbekannt)

Betriebsfeiern sind immer schon schicksalhafte Ereignisse im Leben eines Angestellten gewesen. Sei es, dass die eine oder andere Dame nach diesem Fest in Erwartung ist, ob freudig oder nicht, bleibt dahin gestellt. Sei es, dass man einige Kollegen/innen am nächsten Tag im Krankenhaus mit genähten Platzwunden besuchen darf oder auch nur die Duzfreundschaften aufgrund der am darauf folgenden Tag bewusst werdenden hierarchischen Strukturen ernüchtert revidieren muss, indem auf das kumpelige „Hallo, alte Saufeule, war ja gestern Abend richtig gute Stimmung an der Sektbar!" mit einem säuerlich angedeutetem Grinsen geantwortet wird: „Ja, ja, aber bringen Sie mir doch mal die Akte X, Frau Maradinowitsch!"

Es entzieht sich allerdings der Kenntnis des Autors, ob es - wie von den alten Haudegen berichtet wird - in früheren Zeiten wesentlich lockerer zuging auf den Betriebsfeiern. Da wurde nach den Erzählungen dann auch schon mal Flaschendrehen im kleinen Kreis veranstaltet und Fräulein Helga saß danach nur noch spärlich bekleidet mit Nylonstrumpfhose über Grauschleierslip und Büstenhalter in der Runde. Oder die Damen gingen mit den Herren und einem versteckten Maßband auf die Toilette mit vorgegebenen Absichten und gaben danach lauthals eine Zahl bekannt, wie zum Beispiel: 13 cm! Was der arme Kerl am nächsten Tag auszustehen hatte, war klar.

So wurde es erzählt - die wilden Sixties lassen grüßen.

Das alles war früher, in der guten alten Zeit.

Heutzutage trifft man sich danach an der A7, Raststätte Allertal, um nach Paris zu fahren.

Und diese unglaubliche Geschichte hatte sich folgendermaßen zugetragen:

Nach dem Betriebsfest besuchten einige Unersättliche noch ein stadtbekanntes Lokal, wo es unter anderem Getränke wie den Sperma-Cocktail gab. Der Gast müsse etwas länger auf diesen Cocktail warten... Darauf machte der Kellner mit einem süffisanten Grinsen jedes Mal bei einer Bestellung dieses Getränkes aufmerksam.

In diesem ausgelassenen Ambiente wurde nochmal so richtig aufgedreht, bis jemand auf die Idee kam: „Lasst uns nach Paris fahren! Es ist Wochenende, Sonntagabend gehts wieder nach Hause. In 6 Stunden sind wir da. Um diese Zeit ist die Autobahn leer und wir rauschen durch, Frühstück gibt es unterm Eiffelturm!" - Die Reaktion der umstehenden Kollegen/innen war ein wenig übertrieben, was auf den alkoholisierten Zustand zurückzuführen war: „Gute Idee! Ha, ha!! Klar, wir packen ne Zahnbürste ein und dann gehts ab nach Paris. Ha, ha! - Supersache, bin ich dabei!"

„OK, ich frage euch jetzt, wer kommt mit, ich meine das ernst."

Die Gesichter wandten sich ab, einige tippten sich an die Stirn und dann waren da noch die, die morgen Oma zu Besuch oder andere Verpflichtungen hatten und überhaupt, die Kinder, die kann man doch jetzt nicht aus dem Bett holen! Es ist ein Uhr!-
„Ok, ich fahre auf jeden Fall! - Was ist, wer kommt mit? Letzte Aufforderung vor Autobahn!"
Da meldete sich ganz entschlossen die Kollegin W., deren Ehemann niemals von ihrer Seite wich, mit einem lauten: „Alles klar! - Wir kommen mit!"
Des einen Sohn, des anderen Tochter, wurden die 7-jährigen aus süßen Träumen gerissen und es wurde berichtet, dass die schlaftrunkene Tochter den BEtrunkenen Eltern einen Vogel zeigte und müde erwiderte: Ihr spinnt ja! - womit sie nicht ganz Unrecht hatte und zudem leicht untertrieb.
Das Treffen an der Raststätte mit zwei schlafenden Kindern auf der Rückbank und den nötigsten Utensilien , wie Scheckkarte und Lippenstift, fand wie geplant statt. Und dann ging es ab nach Paris mit der Melodie eines bekannten Schlagersängers auf den Lippen: „Ich war noch niemals ... einmal verrückt sein ... und aus allen Zwängen fliehn!" -

Es regnete in der Stadt der Liebe ohne Unterbrechung. Völlig verkaterte Eltern fuhren mit schlecht gelaunten Kindern auf den Eiffelturm, um sich die nassen Pariser von oben anzusehen. Es wurde dann entschieden, Regenschirme zu kaufen, und - es hörte auf zu regnen, am Sonntagnachmittag, kurz vor Abfahrt nach Hause.

Es sind wohl Erlebnisse dieser Art, die man noch seinen Enkelkindern erzählt - und natürlich den Kollegen am darauf folgenden Montag. Zunächst denen, die sich begeistert der Reise anschließen wollten und dann doch kniffen. Die staunten nicht schlecht, als sie hörten, dass diese verrückte Idee tatsächlich in die Tat umgesetzt wurde und vor allem, dass diese Irren zu einer solchen Aktion noch fähig gewesen waren. Irgendwie wollte es so recht niemand glauben, doch das war letztendlich total unwichtig.

Eine kleine Geschichte noch am Rande:
Eine Kollegin, die gerne den süßen griechischen Samos-Wein trinkt, wollte zunächst auch mit nach Paris fahren, überlegte es sich dann doch anders. Sie hatte nach der Feier dennoch etwas zu erzählen. Nachdem sie noch Stunden in dem Lokal ausharren musste, weil ihr Zug erst wieder um 5 Uhr morgens in Richtung Heimat fuhr, kippte sie sich aus lauter Verzweiflung den süßen griechischen Trunk gläserweise rein. Die Fahrt nach Hause in der Eisenbahn schaffte sie wohl gerade noch so, doch kaum hatte sie die Gartenpforte geöffnet, da brach es auch schon aus ihr heraus, rot wie die untergehende Sonne im Hagelschauer floss der halbverdaute Samos in die Rabatten. Dazu tirilierten die frühen Vögelein - allerdings bei aufgehender Sonne unter den Wolken.

Ja so sind sie! - Eine kleine Gruppe Menschen, die in dieser kleinen Firma ihrer gleichförmigen Arbeit Tag für Tag nachgehen, lebten hier unzweifelhaft ihre Spontaneität ungezügelt aus, gingen auf große Fahrt, um ihrem Freiheitsdrang Ausdruck zu verleihen.

Dagegen ist die Nacktbadeaktion einiger Kollegen/innen unter den Fontänen des Bahnhofsbrunnens nach dem Betriebsfest in der Innenstadt doch kaum erwähnenswert, zumal bei großer Hitze jeder zweite Diskobesucher im Morgengrauen dort hüllenlos planscht.

Es ist dennoch immer wieder ein Phänomen, was Betriebsfeste für bleibende Folgen haben. Sei es der lebenslange Vorwurf des Kindes, welches im Schockzustand nach Paris gekarrt wurde, fürs Leben gezeichnet, die Stadt der Liebe für alle Zeiten als dunklen Punkt auf der Landkarte und der Seele, die Eltern als exzessive und

ungezügelte Menschen seit dieser Horrorfahrt für immer und ewig als flashback gespeichert.
Oder sei es, dass brave Ehefrauen/Ehemänner in lüsternem Zustand sich befindend auf Betriebsfesten/ausflügen nicht mehr wissen, was sie tun, und das Ergebnis Monate später als Kuckuckskind leichtgläubigen Ehemännern untergeschoben wird.
Das harmloseste Nachspiel ist da noch der Fußpilz, den man sich am Brunnen vor dem Bahnhof geholt hat, oder die schmerzhafte Platzwunde, die durch einen ausgelassenen Limbotanz unter einem Fahrradbügel für alle Zeiten den übermütigen Tänzer als Gezeichneten an die Betriebsfeier erinnern wird.

Nun denn, die Hauptsache ist und bleibt, dass im nächsten Jahr wieder ein unvergessliches Betriebsfest stattfinden wird.

Übrigens …

… bei den Affen schaffen gegenseitige Toilette und Entlausung Nähe, bei den Menschen die persönliche Art der Geburtstags-, Betriebs- und Abschiedsfeiern.
Die Affen im Urwald gewähren ihren Hordenmitgliedern seit jeher ein gewisses Maß an Autonomie. Die Kreativität einer wenig entwickelten Affenhorde gleicht der ihres Herrschers. Bei den Schimpansen setzt sie sich aus der Summe aller Mitglieder zusammen. Der Haken an dieser Form der Regentschaft zeigt sich allerdings auch schon in der Affenhorde: Sie fördert die Bildung von Koalitionen, die den Chef auch schon mal aus seinem Sessel kippen können.

Fazit: Die Kreativität der Herrschenden muss in dieser kleinen Firma beängstigend hoch sein, handelt es sich hier doch um hochentwickelte Hordenmitglieder mit viel Phantasie. Und um die

Chefsessel nicht kippen zu sehen, wurden die Betriebsfeste ins Leben gerufen (wegen des gewissen Maßes an Autonomie).

Salamander aus dem Hemd - aus der Hose Arschgeweih.

Eine anberaumte Sitzung hat in der Skala der wichtigen Termine oberste Priorität.

Mit jeder Sitzung waltet auch die Sekretärin ihres Amtes, zuständig für das Wohlergehen der meist männlichen Teilnehmer. Ein Tablett mit Kaffeetassen in den Händen schreitet sie ins Sitzungszimmer mit einem dünnen Trägerhemdchen bekleidet, es ist warm. Die Herren heben den Blick ganz kurz, um sich sofort wieder mit gespieltem Interesse in die Akten zu vertiefen. Die erneuten Seitenblicke auf die Tattoos, die das Hemdchen freigibt, wie das kleine rote Röschen und die Schmetterlinge, die aus dem Ausschnitt des Hemdchens flattern, wecken nun bei einigen der Herren längst verschüttete Begierden. Beim Hinausgehen wird noch mal der Rücken in Augenschein genommen, die Herren sind wahrlich tief beeindruckt, als sie die Flügel entdecken, die mit ihren Spitzen hervorblitzen. Einige grinsen, einige meinen strenge Gesichter aufsetzen zu müssen, sehen sie doch die Beherrschung ihrer Triebe in Gefahr.

Es wird laut in der Kaffeeküche. Die Kolleginnen stehen zusammen und betrachten entzückt die Körperbilder der Sekretärin. „Los zeig' Dich mal, sieht ja total krass aus!"
Die Sitzung ist vorbei, der Chef macht große Augen, als er an der kichernden Gruppe vorbeigeht und meint, den unvermeidlichen Blick des strengen Vorgesetzten aufsetzen zu müssen - zur Sekunde ist die Küche leer und alle steuern wieder brav ihre Büros an.
Die anderen Herren verlassen das Sitzungszimmer in Richtung Fahrstuhl, bis auf zwei Herren. Die stehen noch auf dem Flur im lebhaften Gespräch vertieft: „Die Sekretärin! Nein, so kann die unmöglich herumlaufen! Die nehme ich mir noch zur Brust. Unglaublich, was die sich heutzutage herausnehmen!"

Der nächste Tag ist wieder heiß und in den Büros steht die Luft. Leicht bekleidet kommen die Angestellten zum Dienst. Auch die Sekretärin hat wieder ein Trägerhemdchen an, allerdings reicht dies nun knapp bis unter die Rippen. Aus dem Hemd kriecht ein kleiner Salamander, der um den Bauchnabel seine Zunge kreisen lässt. Gespannt wartet jeder, dass sie sich endlich umdreht. Die Hose sitzt auf der Hüfte und lässt großflächig Einsicht von hinten gewähren: Ein Arschgeweih!! - in Vollendung. Bewundernde Blicke von allen Seiten.

Auch an diesem Tag findet wieder eine Sitzung statt. Kaffee wird gekocht, Tassen bereit gestellt. Die Sekretärin macht sich auf den Weg. Gefasst setzt sie ihre Schritte in das Allerheiligste und keine drei Sekunden später, das Tablett noch in der Hand, packt Herr Müller die Dame am Oberarm und geleitet sie energisch raus. Als er wieder das Zimmer betritt, murmelt er in den Raum „Unglaublich, wie man sich so verunstalten kann!" und setzt sich an seinen Platz. Da beugt sich sein Kollege aus dem Verkauf zu ihm rüber und flüstert: „Da musste erst mal den Rest sehen!" Ein fassungsloser Blick geht einher mit sekundenlang aufgesperrtem Mund, was den Verwunderten nicht gerade intelligenter aussehen lässt. - „Herr Müller, was ist denn? Haben sie die Frage nicht gehört?" - Herr Müller hat die Frage nicht gehört, denn der Kollege aus dem Verkauf befand sich gerade in einem geräuschvollen Lachkrampf.

Ja, so frei und ungezwungen ist inzwischen auch das Zwischenmenschliche in der bel étage, zu deutsch das „schöne Geschoss" - in diesem Fall assoziiert dieser Begriff doch auch wunderbar naheliegende Freuden.

Warenverkehr

Es gibt sie noch, die guten alten Marketenderinnen. Sie bedienen nur keine Soldaten mehr, sondern haben in diesen Zeiten ihr Augenmerk auf das weibliche Klientel gerichtet, sollten sie denn überhaupt das Bedürfnis haben, in der kleinen Firma ein männliches Wesen finden und bedienen zu wollen. Nun, das ist jedoch nicht das Thema. - Hier soll die Frau beglückt werden und diese gehört ja bekanntermaßen wahrlich zu der begeisterungsfähigen Spezies Mensch. An allem, was bunt ist und glitzert, was gut riecht und sich gut anfühlt, kann sie sich teuflisch erfreuen.
Genügend Platz für die Warenausstellung zu schaffen, ist das größte Problem. So werden Aktenschränke ausgeräumt, Schreibtischschubladen entrümpelt und Regale messetauglich gemacht. Die Präsentation der Ware ist das A und O, so weiß man aus Erfahrung. Kommt eine Kollegin bzw. potentielle Kundin in den „Verkaufsraum", öffnet die Handeltreibende mit bedeutungsvoller Miene langsam die Türen des Aktenschrankes und dem Auge bietet sich ein wahres Wunder an bunten, glitzernden „nimm-mich-mit" schreienden Ketten, Ringen und Armbändern, selbstgemachten Marmeladen, gehäkelten Deckchen, selbstgestrickten Schals und Mützen und Fotokarten mit Sonnenuntergängen jeglicher Couleur. Alles gefertigt an langen Winterabenden oder langweiligen Arbeitstagen.

Ebenso beliebt ist auch die Sammelbestellerin für den Willi-Versand, die diese Aufgabe mit großem Eifer erfüllt. Da werden dicke Kataloge, versteckt in Aktenordnern, durch die Flure getragen und intensiv zwischen Aktendeckeln studiert. Nachdem die neue Sommergarderobe ausgesucht ist, liegt zwei Wochen später das schon sehnsüchtig erwartete Paket diskret auf dem Schreibtischstuhl. - Nur Weihnachten kann schöner sein! Mit einem Jubelschrei wird das Paket aufgerissen und alle Damen im Zimmer nehmen regen Anteil am Betrachten der Klamotten sowie auch am Anprobieren, nicht ohne entsprechende Kommentare abzugeben: „Nee, zu eng! Da siehste ja jedes Röllchen!" oder „Ach, das steht dir aber mal gut, wo du doch sonst immer nur in mausgrau rumläufst!" - Diese Anproben werden natürlich gerne zum willkommenen Anlass genommen, die Kollegin auch auf kleinste Makel charmant aufmerksam zu machen.

Der Monat Mai ist immer etwas Besonderes. Der Sommer ist nicht mehr weit, die Natur steht voll im Saft und auch in der 2. Etage wird in jedem Jahr ein kleines Büro zur duftenden Oase. Unmengen von Maiglöckchen aus dem eigenen Garten warten auf die Eliza Doolittles. Fertig zu kleinen Sträußchen gebunden, finden diese dann auch reißenden Absatz. Es ist Konfirmationszeit und für das Töchterchen ist ein Maiglöckchengebinde im Haar herzallerliebst.

Eine très chice Kollegin mit perfekt gestyltem Haarkleid und ebensolcher Visage ist prädestiniert für den Verkauf von Kosmetika. Jeden Monat gibt es ein Heftchen mit den neuesten Präparaten von Firma Dingdong. Mit einem Sonderangebot wird die potentielle Kundin gelockt einen Cellulitisrubbelschwamm zu erstehen; die Seife mit Ostseesandpartikelchen gibt es gratis dazu. Ein Bestellschein wird ausgefüllt und zwei Wochen später ist die Lieferung schon da. Unscheinbare Tütchen mit betörendem Inhalt wie duftende Cremes, Parfums und bunte Stifte werden verteilt, um aus den ohnehin schon liebreizenden Geschöpfen wahre Lichtgestalten zu machen. Die Tütchen enthalten auch immer Pröbchen, wie zum Beispiel Minilippenstifte. Ein Aufschrei, wenn die Farbe nicht gefällt! Dann wird untereinander getauscht oder das Ding wird zunächst in die Schublade gelegt für absonderliche Gelegenheiten, wie Fasching oder Personalversammlungen.

Kurz vor den Feiertagen wie Ostern oder Weihnachten ist das Warenangebot besonders groß. Gestecke aus Tannengrün mit Engelchen aus Plastilin, Patchworkdecken aus Kittelschürzen, flauschig geknüpfte Kissenhüllen, gehäkelte Topflappen und handbemalte Polyacrylschals können günstig erstanden werden. Mit dem insistierenden Charme von Außendienstmitarbeitern der Telecom geistern die Marketenderinnen mit ihren Reisetaschen emsig durch die Flure, immer auf der Hut vor neugierigen Menschen, die dumme Fragen stellen könnten. In den einzelnen Büros wird die Ware dann geschickt feilgeboten zu einem Preis, der die geschäftstüchtige Gesinnung der rührigen Verkäuferinnen beweist und der Glaube an die eigenen Worte, nämlich dass die Ware so gut wie zum Selbstkostenpreis veräußert wird. Der Spaß an der Herstellung sei Lohn genug und natürlich die Freude, die der Käufer daran hat, so die eindringliche Beteuerung.

Auch außerhalb des Bürogebäudes herrscht reger Handel. Da steht freitags immer die Dame mit dem kleinen Lieferwagen. Im Mai verkauft sie Spargel; im Juni steht sie dort mit Erdbeeren und im Oktober mit Kohl. Der kleine dicke Mann mit ebensolcher Frau verkauft Forellen aus dem Auto heraus und der Eiermann versucht auch sein Glück bei den Damen, die um Punkt halb eins Feierabend haben und zwitschernd und schnatternd das Gebäude gut gelaunt verlassen, denn es geht ins Wochenende.

Es finden außerdem Tupperpartys, Dessoupartys und Kerzenpartys statt, allerdings in kuscheligen Reihenhauswohnzimmern. Eine Party für „Ehehygieneartikel", wie anno 1960 die Sexprodukte genannt wurden, soll in Kürze stattfinden, so wird erzählt. Man darf gespannt sein, ob die Veranstalterin sich outet oder ob der Spaß auf neutralem Boden stattfindet, also bei einer Person unbekannten Namens. Einige Kolleginnen werden von der Dildoparty ganz sicher detailliert berichten und die zufriedenen Kundinnen werden ganz klar zu erkennen sein ... an ihrem entspannt wiegenden Gang und dem zufriedenen Gesichtsausdruck.

Eine Überlegung wert wäre es, ob nicht saisonal zweimal im Jahr das geräumige Sitzungszimmer umfunktioniert und daraus ein Umschlagplatz für Waren aller Art eingerichtet werden sollte. Vielleicht ein „Grüner Donnerstag" im Frühling mit all den duftenden Blumen, dem frischen Fisch, dem ersten Spargel und natürlich den bemalten Ostereiern nebst Gestecken mit süßen Weidenkätzchen und gelben Puschelküken.
Im Herbst würde der „Goldene Donnerstag" seinem Namen alle Ehre machen, wenn dann schon die üppig gebundenen Adventgestecke dargeboten werden wie auch der Sellerie und Kartoffeln aus dem eigenen Garten. Als kleines Erntedankfest vor dem Firmengebäude gefeiert, würden auch Interessenten von der Straße angelockt. Der erste Glühwein könnte ausgeschenkt werden und dazu gäbe es Bratwürstl frisch vom Grill. Das Aufstellen eines „Hau-den-Lukas"-Gerätes würde den männlichen Kollegen mächtig viel Spaß bringen und zur Erbauung der Damen würde eine Wahrsagerin oder eine Nail-Stylistin engagiert. Wie auf einem Marktplatz würde reges Treiben herrschen - gute Geschäfte garantiert! - was wiederum Zufriedenheit und gute Stimmung auslöst und erheblichen Einfluss auf zwischenmenschliche Beziehungen nehmen würde. Diese Beziehungen, wie ja bekannt, wirken sich auf jeden Fall immer äußerst positiv auf die Arbeitsleistung aus. Außerdem würde so ein Bazar automatisch das Herumgeistern mit Reisetaschen und Aktenordnern mit zweifelhaftem Inhalt auf den Fluren erheblich einschränken, denn jeder würde auf den Tag X - dem „Grünen bzw. Goldenen Donnerstag" - hinarbeiten.
Eine gute Idee könnte hier mit wenig Aufwand in die Tat umgesetzt werden - ein kleiner Schritt für die Direktion, ein großer Schritt für die Effizienzen.

Hobbys = Selbstverwirklichung

Es gibt sie in jeder Firma, wie auch hier: Menschen, die ihrer Lieblingsbeschäftigung, ihren Hobbys nachgehen.
Der Feierabend ist dazu da, den Fernseher einzuschalten und die Programme rauf und runter zu zappen, vielleicht noch ein paar Zeilen vor dem Schlafengehen in einem Krimi zu lesen, aber das war es dann auch schon, denn um 5 Uhr ist die Nacht vorbei.
Wer kann es da der arbeitenden Bevölkerung verdenken, wenn die knapp bemessene Zeit zur Pflege der Hobbys in die Arbeitszeit verlegt wird, vorausgesetzt natürlich, die Effizienzen leiden nicht darunter. Da werden die Chefs jetzt schlucken, aber mal ehrlich, die Urlaubsfotos im PC sortiert hat der eine oder andere doch sicher auch schon zwischen Sitzungsende und Mittagspause. Oder den Taschenschachcomputer mal eben herausgefordert, weil sonst niemand für einen Affront zur Verfügung stand.
Hier jedoch soll von den Hobbys der Angestellten, deren Phantasie und Ideenreichtum schon hinreichend beschrieben wurden, die Rede sein.

Vor vielen Jahren hatte sich eine ganz besondere Damenrunde ein sehr anspruchsvolles Steckenpferd zugelegt. Eine teure Wochenzeitschrift wurde abonniert, die jedoch zum größten Teil ungelesen in den Müll wanderte, denn von Interesse war nur das Kreuzworträtsel. Hier sollte um die Ecke gedacht werden und es erforderte höchste Konzentration und Intelligenz, dieses schwierige Rätsel vollständig zu lösen. Jede der ehrgeizigen Damen saß mit steinerner Miene über ihrem kopierten Rätsel - eisern wurde deswegen auf die Mittagspause verzichtet. Natürlich wurde hin und wieder gegenseitig um Hilfe ersucht, doch war das kategorische Ziel, diese ungeheure Aufgabe alleine zu bewältigen. Irgendwann, manchmal auch Tage später, rief dann eine der Damen voller Enthusiasmus aus: „Mir fehlen noch zwei Buchstaben am letzten

Wort, dann hab ich's!" Diese zwei Buchstaben sollten niemals gefunden werden, was die Damen ausgesprochen unbefriedigt den Dienst wieder aufnehmen ließ, doch wurde das Meisterwerk als Unvollendete dennoch einigermaßen zufrieden abgeschlossen und der Rätsel-Koryphäe wurde voller Ehrfurcht und Bewunderung für eine gewisse Zeit begegnet.

Eine Kollegin hatte sich zum Ziel gesetzt, ihr Hobby solcherart auszuüben, indem sie Rückenschilder für die neu angelegten Ordner besonders ordentlich und sorgfältig beschriftete. In allen Farben wurden die Aufkleber bestellt, um sie dann mit wunderschönen Lettern auszumalen - ja, man könnte fast sagen, künstlerisch zu gestalten. Die römischen Ziffern beherrschte sie wie keine andere und ein Ordner sah so schön und gleichmäßig aus wie der andere. Wenn die Akten dann nach 3 Jahren in den Keller mussten, dann war der Trennungsschmerz mit dem unvermeidlichen Gejammere jedes Mal groß, denn ihr Herzblut hing an jedem einzelnen Ordner. Sie betrachtete ihn als ihr persönliches Meisterwerk.

Es gibt einen Büroraum, der regelmäßig von kleinen Gruppen besichtigt wird, weil er so außergewöhnlich ist, denn im Laufe der Jahre hat sich hier ein regelrechter Dschungel ausgebreitet. Wer ihn betreten will, merkt sofort: dieses Dickicht will erobert werden! Eine grüne Wand baut sich vor jedem auf, der einen Schritt in das Zimmer setzt. Schlingpflanzen kriechen an den Wänden entlang. Sie bilden einen dichten Vorhang, der beim Eintreten zur Seite geschoben werden muss. Hat man diese Barriere hinter sich, steht man in einem Meer von Grünlilien, Farnen und Weihnachtssternen. Immer mal wieder eine Blumenampel vor dem Gesicht hängend, kämpft man sich weiter durchs Zimmer, um die Kollegin inmitten von Kakteen und Efeuranken, Phoenixpalmen und Kräutertöpfchen an ihrem Schreibtisch zu entdecken. Die Fensterscheiben sind beschlagen wie in einem Treibhaus und der Bildschirm ebenso. Die zwei Damen, die dieses Paradies geschaffen haben, pflegen und hegen es mit Inbrunst. Sie sitzen mit leuchtenden Augen und ebensolchen Wangen inmitten dieser Wildnis und gehen glückselig ihrer Arbeit nach. Man munkelt, dass sie zu diesen ganz Besonderen gehören, die tatsächlich ihre Namen tanzen können. Auf alle Fälle sieht man ihnen an, dass sie sich sehr wohl fühlen, dank ihres bemerkenswerten Hobbys. Als grüne Lunge bewirkt es zudem auch noch, dass die meist muffige Büroluft mit bestem Sauerstoff angereichert wird und dadurch zur Gesunderhaltung der Angestellten und der Besucher beiträgt. Eine grüne Oase im grauen Beton.

Allerdings kann man den Damen neben dem verträumten Hang zur Esoterik eine gewisse Geschäftstüchtigkeit nicht absprechen. „Rent a Grünlilie" - so der Werbeslogan, der dazu führte, dass sich eine erhebliche Anzahl von Kolleginnen, die sich mit ein wenig Pflanzengrün eine ähnliche Oase schaffen wollten, eine Pflanze aus der Dschungelzucht ausleihen konnten. Sobald die ersten Anzeichen von Blattschwäche erkennbar waren, wurden die Gewächse zurückgebracht, damit sie wieder aufgepeppelt werden konnten. So hatten auch die nicht mit dem grünem Daumen Gesegneten immer ein saftiges Pflänzchen im tristen Büro. Als Gegenleistung nahmen die Dschungelmuttis gern das eine oder andere leckere Stück Torte für den nachmittäglichen Kaffee entgegen.

Die Sammler sollen hier natürlich auch erwähnt werden; ein Hobby mit Suchtpotential, wie man es auch bei den sogenannten Messies beobachten kann. Doch soweit ist es gottlob noch nicht; wohl auch nur, weil das Putzgeschwader jeden Abend durch die Räumlichkeiten fegt.

Das Präsentieren der Sammlerobjekte ist Pflicht, muss jedoch wohl überlegt sein. Das Aufstellen z. B. der kleinen Figuren aus Überraschungseiern, vorzugsweise auf dem oberen Rand des PCs, ist leider nicht mehr möglich. Seitdem es Flachbildschirme gibt, müssen die Nilpferdchen, Ferkelchen und Yedi-Ritter auf dem schmalen Rand festgeklebt werden.

Gesammelt werden auch Servietten der unterschiedlichsten Muster und Farben. Diese werden auf nackten Fensterbänken fein säuberlich ausgebreitet. Als Unterlage für Tomaten, Wasserflaschen oder Keksteller machen sie dann noch teilweise auf sich aufmerksam. Sie sind meist Mitbringsel von Geburtstagen, auf denen leckerer Kuchen auf Papptellern gereicht wird mit der dazu passenden Serviette - und kaum, dass diese sich im Besitz der Sammlerin befindet, wird das bunte Papiertuch einer fremden Bestimmung als Platzdeckchen zugeführt. Eine Vermutung, doch ist es vorstellbar, dass in Ermangelung von Häkeldeckchen, die sicher bei der Dame zu Hause unter bunten Schälchen platziert sind, hier die Servietten die Aufgabe übernehmen, keine Kratzer und Ränder auf der Fensterbank entstehen zu lassen.

Ein weit verbreitetes Steckenpferd, ist das Anspitzen der vielen gesammelten Bleistifte, die in allen Größen in den Schubladen gebunkert werden. Auch kleinste Stifte, die nur mit spitzen Fingern gehalten werden können, werden noch spitz gemacht. Diese typische Handbewegung beim Anspitzen bewirkt bei den pedantischen Damen so einen auffallend entspannten Gesichtsausdruck - ja, man könnte meinen, sie wären total zugekifft, so dass diese Betätigung eher als therapeutische Selbstfindung denn als leidenschaftliches Hobby gedeutet werden kann.

Übrigens ...

... ein Hobby ist wie das Entdecken eines Wasserlochs in der Wüste der Büroödnis.

Feierabend, Freitag 12.30 Uhr

Sie stürmen hinaus, endlich Wochenende. Die Ehemänner warten
schon in den Autos, um ihre Frauen in Empfang zu nehmen. Es wird
gelacht und sich von den Kollegen verabschiedet, als gäbe es keinen
Montag mehr. Einige haben sich umgezogen und joggen im
windkanalgetesteten high-tech-Anzug und leuchtdiodenbespickten
Joggingschuhen in den nahe gelegenen Wald.
Die dicke Spargelverkäuferin steigt aus ihrem Auto, öffnet den
Kofferraum und guckt erwartungsfroh zu den freudig das
Wochenende erwartenden Angestellten, die durch die Glastür
plappernd in die Freiheit springen.
Alle haben es eilig.
Das Enkelkind wird mit ausgebreiteten Armen von der ihm entgegen
stürmenden Oma in Empfang genommen, um der allein
erziehenden Tochter noch zu winken, die schon mit dem Auto auf
dem Weg zur Spätschicht ist. Ein frisch verheiratetes
„Firmenpärchen" tänzelt verliebt Arm in Arm zum Auto, um direkt in
den romantischen Wochenendurlaub zu fahren.Die Kollegin mit dem
Tretroller und dem stylischen Designer-Rucksack hebt übermütig das
Bein, um mit Schwung in den Feierabend zu rollern.
Sie sind zu beneiden, die Angestellten dieser kleinen Firma mit ihren
Fähigkeiten und dem festen Willen, der grauen Bürowelt mit Witz
und Unternehmungsgeist die Eintönigkeit ein wenig zu nehmen.
Diese eigenwillige Lebensfreude steht ohne Frage in Einklang mit
bemerkenswertem Pflichtbewusstsein.
Jede/r von ihnen ein/e Held/in des Alltags.
Es lebe die/der tapfere Angestellte, es lebe die/der Malocher/in
allen Dienststellen dieser Welt!

Autorin Gudrun Heidenreich, geb. 1953 in Schleswig-Holstein; wohnhaft in Hannover. Angestellte im Verwaltungswesen bis 2013; jetzt im Ruhestand, nutzt die Zeit als Organisatorin einer Kleinkunstbühne und Initiatorin verschiedener musikalisch-literarischer Projekte und Inszenierungen.

Deutsch: zwei - Mathe: fünf - die Zensuren im Abschlusszeugnis!
Schreiben - das ist ihr Ding!
Schreiben ist Ausdruck, ist Mitteilung, ist aber leider nicht rentabel.
Sie jobbte, machte dann eine Umschulung und bewarb sich in der kleinen Firma, wo sie 38 Jahre als Büroangestellte ihr Geld verdiente. Eben diese Dienststelle, wo sich all die Geschichten aus diesem Buch ereigneten. Diese Episoden aus dem prallen Büroleben sind es wert, niedergeschrieben zu werden, entschied sie nach ca. 30 Jahren in dieser verrückten kleinen Dienststelle. Gemeinsame Erinnerungen wurden hervorgeholt, gesammelt und aufgeschrieben. Daraus ist das Buch **Verdammt mein Schlüpfergummi ist gerissen!** entstanden.